AF304306

Anett Diell lebt mit ihrem Partner im Süden Deutschlands, umgeben von Natur und Kreativität. Bereits in der Grundschule entwickelte sie eine besondere Faszination für das geschriebene und gesprochene Wort, und drückte es in Geschichten und Darstellung aus. Ihre Werke veröffentlicht sie seit 2021 unter ihrem Pseudonym und wird durch die Agentur Ashera vertreten. Alle ihre Projekte vereinen die Idee von Held:innen, die noch solche werden müssen.

ANETT DIELL

Tod im Teeladen

Der B&B Mordclub

Erstausgabe August 2023

Copyright © 2023 dp Verlag, ein Imprint der
dp DIGITAL PUBLISHERS GmbH
Made in Stuttgart with ♥
Alle Rechte vorbehalten

Tod im Teeladen

ISBN 978-3-98778-333-3
E-Book-ISBN 978-3-98778-041-7
Hörbuch-ISBN: 978-3-98778-574-0

Covergestaltung: Larissa Siepmann
Umschlaggestaltung: ARTC.ore Design
Unter Verwendung von Abbildungen von
stock.adobe.com: © lovelyday12, © Stephen, © Danita Delimont,
© Kevin Eaves, © oxinoxi
depositphotos.com: © alena0509
shutterstock.com: © Nata_Alhontess, © Elena Pimonova
Lektorat: Ulrike Maria Berlik
Satz: dp DIGITAL PUBLISHERS GmbH
Druck und Bindung: Books on Demand GmbH, Norderstedt

The way to heaven passes through a teapot.
Englisches Sprichwort

Prolog

Der Tod stand der attraktiven Frau ebenso gut wie alles andere, kam es Maggie in den Sinn, derweil das Blut weiter aus der Wunde an deren Kopf sickerte. Erst mit dieser Erkenntnis erwachte die einstige Krankenschwester in ihr und Maggie schlug die Hand vor den Mund. Sie musste auf der Stelle Hilfe rufen! Der Krankenwagen wäre Unsinn, der Leichenwagen schon eher angebracht und außerdem schnellstmöglich die Polizei! Noch ehe sie den Gedanken zu Ende geformt hatte, ergriff sie die Skepsis. Ihr neuer Detective Chief Inspector mochte ein feiner Kerl sein; was seine Fähigkeiten als Kriminalbeamter anging, hatten sie es hingegen nicht gerade mit einem Sherlock Holmes zu tun. Noch nicht einmal mit Watson. Wie sollte der einen Mordfall aufklären, wo er nicht mal seine Jacke zugeknöpft bekam?

Part Eins –

Don't count your chickens before they hatch

Kapitel Eins

Snugford, einige Tage zuvor

Hinterm Wald ging die Sonne auf, strahlend schön und die ersten Knospen an den Bäumen und Sträuchern wach küssend, was Snugford jedoch nicht daran hinderte, einfach weiterzuschlafen. Der Tag begann hier für alle frühestens um acht, weil es schlichtweg eine Verschwendung gewesen wäre, früher aufzustehen. Es gab nichts zu erleben und im Morgengrauen noch weniger. Das englische Provinzdörfchen verfügte nicht einmal über einen Hahn, der die Bewohner zu früher Stunde geweckt hätte.

Maggie Rosenburn benötigte allerdings keinen solchen. Sie erwachte jeden Morgen mit den Sonnenstrahlen und fühlte sich auf der Stelle hellwach. Man konnte kein Bed & Breakfast führen, wenn man gleichzeitig mit den Gästen aufstand, mochten es noch so wenige sein.

Maggie schwang ihre alternden Knochen aus dem Bett, lüftete ihr Dachzimmer, machte das Bett, das sie seit einem Jahrzehnt nicht mehr mit ihrem guten Albert teilen durfte, Gott sei seiner Seele gnädig, und dankte ihm dafür, dass er zu Lebzeiten so tüchtig gewesen war. Ohne ihn wäre sie nicht im Besitz dieses herrlichen alten Landhauses, in dem sie das tun konnte, wonach ihr schon immer der Sinn gestanden hatte: sich um andere Menschen zu kümmern und ihnen eine erholsame Zeit in Snugford zu ermöglichen. Wer in ihrem B&B abstieg, wurde mit allem verwöhnt, was eine gute Bleibe zu bieten hatte: lichtdurchflutete Zimmer, herrliches englisches Frühstück, stets pünktlichen Nachmittagstee und jede Menge guter Unterhaltung. Letztere genoss sie selbst mehr als ihre Gäste. Geschichten zu hören und zu erzählen, war etwas Wunderbares.

Maggie hatte mit ihren vierundsechzig Jahren so einiges erlebt, obwohl sie im langweiligsten Dörfchen Englands wohnte. Aber wer seine Nase gerne in anderer Leute Angelegenheiten steckte, bekam auch entsprechend viel mit. Und Maggies zuweilen etwas spröde Art, sich in dies und jenes einzumischen, nahm ihr im Grunde niemand übel. Dafür war ihr B&B eine zu große Bereicherung für die Dorfgemeinschaft. Allein äußerlich war es das definitiv attraktivste Haus des gesamten Ortes. Es sah wie ein typisches englisches Cottage aus einem Katalog aus und bestach mit seinen alten Backsteinen, über die sich immergrüne Kletterpflanzen schlängelten. Die großen Sprossenfenster durchfluteten die Innenräume mit Sonnenlicht, und selbst wenn es die meiste Zeit im Jahr trüb war, herrschte in Maggies Gedanken immer Sommer, dachte sie an ihr Haus.

Ihre gute Freundin Liv hatte sich überdies um die Zucht schönster englischer Rosen für das Exterieur bemüht und der Rasen wurde regelmäßig vom jüngsten Sohn des Bürgermeisters gemäht, der in der Vollpubertät und entsprechend gelaunt war, aber gute Dienste leistete. Er ließ Maggie die Gänseblümchen stehen und rasierte nicht alles bis auf die Wurzeln nieder. Für seine Arbeit entlohnte ihn Maggie besser als mit dem Herrn

Papa vereinbart. Womit alle Parteien hochzufrieden waren.

Ein dieser Art zufriedenes Lächeln schenkte Maggie nun ihrem Spiegelbild und steckte sich mit geschickten Händen ihr langes graubraunes Haar zu einem Landhausdutt nach oben. Anschließend verließ sie das Dachzimmer. Routinierten Schrittes ging sie die achtunddreißig Stufen hinunter zur Küche, um als allererstes Teewasser aufzusetzen.

Pünktlich um 07:45 Uhr hörte sie, dass der Schlüssel im Eingangsschloss herumgedreht wurde, und das „Guten Morgen" ihrer Freundin Liv Oldstep wehte zu ihr in die Küche, in der sie bereits Rührei und Speck briet. Es trieb ein Schmunzeln auf ihr Gesicht, machte ihr Herz froh, glücklich und jung wie das der ewigen Zwanzigjährigen, die mit ihrer besten Freundin die Welt zu erobern gedachte. Mochten ihre Körper mittlerweile in die Jahre gekommen sein, im Geist fühlten sich die beiden wie neugeboren und würden es noch lange bleiben. Das war abgemacht.

Es gab nicht viele Dinge in ihrem Leben, die sie nicht geteilt hatten. Vielleicht ihre Männer und die ein oder andere berufliche Erfahrung. Wobei die nun wieder ein und dieselbe war, nachdem sich Liv in die Rente entlassen hatte – nach dem Tod ihres Mannes und wegen ihres Bandscheibenvorfalls, der halb so schlimm, aber zweckdienlich gewesen war. So führten sie Maggies B&B seit Jahr und Tag zu zweit und boten ein unschlagbares Team. Wer wollte in seinem Urlaub nicht von zwei toughen Ladys verwöhnt werden?

Liv kam in die Küche geplatzt, wie immer bester Laune, und fing sofort an, sich eine Küchenschürze umbindend, Maggie von ihrem aufregenden Opernbesuch am Abend zuvor zu erzählen.

„… und ich dachte noch, Himmel, wenn du nicht aufpasst, vernascht er dich wie einen Früchtekuchen und noch vor Ende des dritten Akts!"

„Was du tunlichst vermieden haben wirst, möchte ich annehmen", sagte Maggie und grinste.

„Selbstverständlich, der Bursche war mit seiner Frau im Konzert. Ich bin ja vieles, aber keine Ehebrecherin!"

„Tja. Das hört sich an, als sei *Figaros Hochzeit* in der Pause noch spannender gewesen als im Opernsaal", merkte Maggie an und überließ es Liv, das Rührei zu vollenden, um die Brötchen in den Ofen zu schieben.

Liv kicherte wie eine Teenagerin mit der Erfahrung einer Greisin. Maggie hatte in ihrem Leben allein einen einzigen Mann an ihrer Seite gehabt, Liv hingegen war viermal verheiratet gewesen, dreimal geschieden und einmal verwitwet, und blickte auf eine stolze Anzahl von Liebschaften zurück, auf die sie bis heute nicht verzichtete.

„Wieso sollte ich das Flirten lassen, wo es weiterhin gelingt? Eine exquisite Übung für das Ego", pflegte sie zu sagen und hatte nicht unrecht, ihr Ego erfreute sich bester Gesundheit.

Liv ließ das Rührei schwungvoll tanzen und erwiderte: „Sagen wir, es war durchaus ein Abenteuer, diesem falschen Gentleman eine Abfuhr zu erteilen, ohne dass seine Gattin Wind davon bekam."

Sie blies sich eine blondierte Strähne aus den hellblauen Augen. Anders als ihre Freundin wehrte sie sich vehement gegen das Ergrauen des Alters und trug grundsätzlich auffälligen Lippenstift. Ihre Röcke waren kürzer und enger als die Maggies, ihr Parfüm gewollter, obschon nicht aufdringlich. Sie besaß Klasse und das nicht nur rein äußerlich. Kein Wunder, dass ihr die Herren immer noch nachrannten.

„Das geschieht, lasse ich dich einmal unbeaufsichtigt in die Oper gehen."

Maggie seufzte, wobei sie wusste, dass sich Liv selbst in Begleitung ihrer Freundin von nichts abhalten ließ. Während sich Maggie darüber amüsierte, schämte sich Livs Familie zuweilen für sie. Sie sei ja keine sechzehn mehr! Auch das amüsierte Maggie. Wie sich ihre Freundin einfach um nichts scherte, was andere dachten oder ihr rieten. Niemand, und seien es ihre engsten Verwandten, konnte dieser Frau Vorschriften machen. Schon gar nicht, wenn es um ihr Äußeres ging. Eigentlich in überhaupt keinem Punkt, denn den Mund ließ sich Liv nie verbieten, eine Eigenschaft, die sie mit Maggie teilte. Im Grunde kannte Maggie keine klügere Frau als Liv, weder in Snugford noch in irgendeiner anderen Ortschaft, und sie war stolz darauf, sie ihre Freundin nennen zu dürfen.

„Meine Liebe, ich bin völlig unschuldig an dem Debakel gewesen und zu keiner Zeit habe ich ihn ermutigt."

„Allein dein Lippenstift ist die pure Ermutigung", antwortete Maggie.

Ihr neckisches Gespräch fand ein Ende, als es direkt über ihnen im ersten Stock einen vernehmlichen Rumms gab, unter dem sie leicht zusammenzuckten. Die beiden Damen tauschten einen Blick, dem ein Grinsen folgte.

„Ah, der Detective Chief Inspector ist erwacht", raunte Liv und beide fingen an zu glucksen, die Vorstellung teilend, er sei beim Versuch aufzustehen aus dem Bett geplumpst.

Alles andere als abwegig, war er immerhin nicht nur mit zwei linken Händen und Füßen ausgestattet, sondern obendrein mit einem Hirn so vollgestopft mit verworrenen Gedanken, dass er nicht mehr wusste, wo ihm der Kopf stand.

Jay Jameson – der klangästhetische Sinn seiner Eltern für Namen war wirklich bemerkenswert – war mit dem Jahresbeginn nach Snugford und direkt in ihr B&B geschneit, um sich für die Stelle des Detective Chief Inspectors zu bewerben. Er machte keinen Hehl daraus, dass er nicht eine Sekunde an seine Einstellung glaubte. Als er von seinem Bewerbungsgespräch zurückkehrte, sah er dermaßen bedröppelt aus, dass sich Maggie und Liv gewiss waren, ihm Lebwohl sagen zu müssen. Was sie bedauerten, denn er war ein so liebenswürdiger Schussel, dass man ihn einfach mögen musste. Einen Detective Chief Inspector gab er nicht im Traum, zu Fasching oder in einer verkehrten Welt ab. Schwer zu sagen, wer von ihnen am überraschtesten darüber war, als er ihnen mitteilte, er habe die Stelle. Vermutlich er selbst. Jedenfalls verlängerte er deshalb seinen Aufenthalt im B&B, bis er eine angemessene Bleibe gefunden hatte.

Mittlerweile war es Ende März und er wohnte immer noch im Zimmer im ersten Stock. Nicht weil die Wohnungssuche in Snugford so schwierig gewesen wäre oder er vor lauter Arbeit nicht dazu kam, sondern weil er offensichtlich ein Problem mit seiner Selbstorganisation hatte. Er dachte zu viel und handelte zu wenig, lebte in den Tag hinein, ohne zu merken, dass es längst Nacht geworden war. Ab und an entdeckte man ihn in der Gegend stehend und sinnierend zum Himmel blickend, ehe er weiterging, um in Lady Mortimers Hundehaufen zu laufen.

Lady Mortimer war die Bulldogge der echten Lady Mortimer und hatte ein Problem mit ihrem Schließmuskel, während ihr Frauchen ein Problem mit den Augen hatte und deshalb das gesamte Dorf ständig Hundekot an den Schuhen. Allen voran Detective Chief Inspector Jay Jameson, denn der hatte bekanntlich ein Problem mit seiner Aufmerksamkeit.

Was sich an diesem Morgen bestätigte, als er nach seinem geräuschvollen Erwachen die Treppe herunterpolterte und wie immer bei ihnen in der Küche landete, obwohl es ein Frühstückszimmer gab, in dem es sich die Gäste gemütlich machen konnten. Aber Jay Jamson befand sich die meiste Zeit seines Lebens in einer anderen Welt. In der es sich gehörte, den Damen, bei denen er wohnte, beim Zubereiten des Frühstücks zu helfen, um schließlich mit ihnen zusammen zu essen. Dass er sich dabei wie ein Elefant im Porzellanladen verhielt, war ihm nicht bewusst und konnte ihm nicht übel genommen werden. Wer liebte Elefanten nicht? Maggie Rosenburn und Liv Oldstep jedenfalls unbedingt, und daher akzeptierten sie ihn in ihrer Küche. Groß genug für sie drei war sie ja. Man musste bloß rechtzeitig das gute Geschirr in Sicherheit bringen und ihn um Himmels willen nicht in die Nähe der Kaffeemaschine lassen. Eine Marotte hatte der Gute: Er trank zum Frühstück grundsätzlich Kaffee, zu allen anderen Mahlzeiten Tee, allerdings lediglich um siebzehn Uhr mit Zucker.

„Ah, guten Morgen allerseits", begrüßte er sie mit seinem freundlichen Lächeln, dem eine minimale Abwesenheit eigen war, als befände sich ein Teil seines Geistes in anderen Sphären.

Er war Ende dreißig und nicht besonders groß. Den Besuch eines Friseurs schob er ebenso vor sich hin wie die Wohnungssuche. Sein braunes Haar reichte ihm bald bis zu den Schultern, kannte weder Schnitt noch Kamm und der Bart war definitiv älter als drei Tage. Maggie juckte es in den Fingern, sich beiden demnächst anzunehmen. Es mochte seinen Charme haben, wirklich ernstnehmen konnte man einen solchen Hippie als Detective Chief Inspector nicht. Von Respekt ganz zu schweigen, der jedem Verbrecher abhandenkommen dürfte, sobald Jay Jameson ihn mit diesem niedlichen Grübchenlächeln und den großen haselnussbraunen Augen ansah. Die Stimme war weich und sanft, viel zu nett für einen Mann, der im Notfall durchgreifen musste. Was zum Glück nie passierte. Snugford machte keinen Ärger. Nie.

„Wunderbares Wetter, nicht wahr? Ich habe … huch!"
Er verfehlte beim Hinsetzen knapp den Küchenstuhl, weil er gleichzeitig aus dem Fenster sah, und fing sich gerade noch rechtzeitig. Der Stuhl machte ein knarzendes Geräusch, als der Detective Chief Inspector damit über die Fliesen rutschte und schließlich gegen das Tischbein stieß, was wiederum den Tisch zum Beben und die Milch in der Karaffe in Bedrängnis brachte.

Maggie und Liv warfen einander einen erleichterten Blick zu, als sie sich nicht über die gesamte Tischplatte ergoss.

„Ich habe selten einen so schönen März erlebt. Ist das in Snugford immer so?“

„Bestimmt nicht, Sie haben Glück, mein Lieber. Für gewöhnlich ist es im März noch äußerst trüb und regnerisch.“

Maggie legte ihm die Hand auf die Schulter, ehe er sich wieder erheben konnte, um zur Kaffeemaschine zu stolpern. Solange er saß, stellte er weit weniger an. Unterdessen beeilte sich Liv, ihm seine Tasse zu servieren.

„Da habe ich tatsächlich Glück, denn ich scheine meine regenfesten Schuhe in London gelassen zu haben. Zu dumm, die werden meine Nachmieter bestimmt entsorgt haben ...“

„Ach iwo, die stehen draußen im Schuhschrank. Ich habe mir erlaubt, sie einzuräumen, sie standen so verloren herum.“

Unaufgeräumt herum, hätte Maggie auch sagen können, aber seine Niedlichkeit hielt sie davon ab.

Als sie ihn zum ersten Mal gesehen hatte, war sie sich sicher gewesen, einem Frauenhelden gegenüberzustehen, weil er durchaus attraktiv war und aus Livs Sicht sogar ein echter Hingucker. Kaum hatte er den Mund geöffnet, verflüchtigte sich dieser Gedanke, und ihn einmal durch einen Raum tappen zu sehen, vertrieb ihn erst recht. Eigentlich konnte man die meiste Zeit nur die Hände über dem Kopf zusammenschlagen, hielt man sich in seiner Gegenwart auf. Er konnte von

Glück reden, dass er eine so vorzügliche Erziehung genossen hatte.

„Ach, das ist ja über alle Maßen entgegenkommend von Ihnen, vielen herzlichen Dank, Mrs Maggie."

Sie erwiderte sein Lächeln und verzieh ihm wie immer, während sich Liv ein Lachen verkniff, weil sie fand, dass er schwülstiger sprach als sie, und er war beinah zwanzig Jahre jünger.

„Was macht das Arbeitsleben, Detective Chief Inspector?", erkundigte sich Maggie.

Die beiden Freundinnen tischten Speck und Eier auf und Maggie stellte das Salz dabei möglichst so, dass er es nicht umwerfen konnte.

Er lachte, murmelte in seine Bartstoppeln, sie möge ihn nicht so nennen, und erklärte etwas deutlicher: „Nun, ich gehe einige alte Akten durch, arbeite mich ins Büro ein und all solchen Kram. Nichts Spannendes, tut mir leid."

Er kannte sie gut, das musste man ihm lassen. Trotz des Chaos in seinem Kopf hatte er sehr schnell begriffen, wie neugierig sie war und dass sich ihretwegen gerne mal etwas Aufregendes in Snugford ereignen dürfte.

„Ach herrje, das klingt in der Tat sterbenslangweilig. Wie lange sitzen Sie jetzt schon an diesen alten Akten?"

„Seit ich den Dienst angetreten habe, würde ich sagen. Ich bin bald damit durch und ..."

„... dann wäre es wünschenswert, es würde mal etwas passieren, das Sie aus diesem muffigen Loch rettet, das Sie Präsidium nennen, was?"

Er lächelte höflich, teilte ihre Meinung nicht. „Etwas Ruhe ist durchaus in Ordnung, denke ich, Morde sind ja nichts, was man sich wünscht, und sonstige Unfälle meist ebenso unschön. Es geschehen häufig genug Unerfreulichkeiten, seien wir froh, dass Snugford ein friedlicher Ort ist. Früher oder später sehen wir einem Verbrechen ins Gesicht und ich hoffe, es wird eher später werden." Er lehnte sich zurück, wobei er zu viel Schwung nahm und sich an der Tischplatte festhalten musste, um nicht nach hinten wegzukippen. Er hustete. *„Wie arm sind die, die nicht Geduld besitzen"*, fügte er hinzu, um dem linkischen Gestus nicht zu viel Gewicht einzuräumen und das Gespräch einfach weiterzuführen.

Liv runzelte die Stirn. Maggie seufzte innerlich. Der Kerl brachte es noch fertig, dass sie ihre Shakespeare-Werke im Kamin verbrannte, weil sie nichts mehr davon hören konnte.

„Woraus ist das nun wieder?"

„Othello, zweiter Akt, dritte Szene", klärte er Liv auf.

Himmel, da kannte jemand seinen Shakespeare in- und auswendig. Dass er sie nicht mit der Zeilenangabe beglückte, wunderte Maggie schwer.

„Ach, Othello." Liv rümpfte die Nase. „Habe ich nie gelesen. Viel zu depressiv und ungerecht."

„Da stimme ich Ihnen zu, wenngleich ich es außerdem spannend finde, oder nicht? Wie man einen guten Mann dazu verleiten kann, ein schreckliches Verbrechen zu begehen."

„Wer ein Verbrechen begehen kann, ist kein guter Mann." Liv war in diesem Punkt konsequent, vertrat die Meinung, dass ein Mensch immer die Wahl hatte, sich gegen das Abgrundtiefe zu entscheiden. Mit den allgemeinen Regeln und Normen des Lebens nahm sie es nicht so ernst und verzieh den Menschen gerne, aber bei Mord hörte ihr Verständnis auf. Wer mordete, hatte die eine Grenze überschritten, die es im Leben gab.

„Sind Sie sicher?"

Die Frage hörte sich naiv an. Nicht so, als würde er sie dazu auffordern, ihre Ansicht noch einmal zu überdenken, sondern, als würde er seine neu definieren. Seine Stirn lag in tiefen Falten. Sein Blick bereiste ferne Welten.

Maggie übernahm es, ihn davon abzuhalten, zu weit von seinen Anschauungen abzudriften. „Das möchte ich stark bezweifeln, meine Liebe. Jeder Mensch kommt einmal an einen Punkt, an dem ihm die Gefühle den Blick vernebeln, und dann die richtige Entscheidung zu treffen, ist gewiss nicht leicht."

Liv rollte mit den Augen und blieb dabei: „Ich bin überzeugt, gute Menschen besitzen einen inneren Sicherheitsgurt, der sie von einem Mord abhält."

Jay Jameson sah sie mit tief gefurchter Stirn an, ein amüsanter Anblick, und dachte darüber nach.

„So sollten wir hoffen, dass wir Snugforder alle über diesen Sicherheitsgurt verfügen, was, Detective Chief Inspector?"

Er lächelte Maggie vergeistigt zu, immer noch abwägend, ob Livs Behauptung Hand und Fuß haben könnte. Was bestimmt noch eine beträchtliche Weile dauerte und das Gespräch somit beendete.

***

Sie verließen gut eine Stunde später gemeinsam das Haus und trennten sich auf Höhe des alten Marktplazes, wo die Damen frisches Suppengrün für das Mittagessen besorgen wollten, während sich Jay Jameson Richtung Präsidium aufmachte.

Erst, als er im Grunde bereits durch die Tür desselben verschwunden war, fiel Maggie auf, dass er zwei unterschiedliche Socken trug. Einer davon sonnengelb. Sie schüttelte den Kopf.

„In einem Punkt stimme ich ihm zu." Liv sah ihm mit vorgeschobenen Lippen hinterher. Die farbliche Missübereinstimmung seiner Strümpfe realisierte sie wie Maggie zu spät. „Wir können mehr als froh sein, dass Snugford so ein friedlicher Ort ist."

Sie nickte Lady Mortimer zu, die mit ihrer Dogge gerade ihren Weg kreuzte. „Guten Tag." Die Lady und ihr Haustier wurden einander von Tag zu Tag ähnlicher – da waren sich alle Dorfbewohner einig und doch jeder zu freundlich, um den Gedanken laut auszusprechen.

„Guten Tag, die Damen. Wundervolles Wetter, nicht wahr?"

Liv blieb stehen und zwang damit automatisch Maggie ebenfalls dazu.

„Ja, ein herrlicher März."

Womit die Konversation endete, weil Lady Mortimers Dogge gerade ihr Häufchen legte und sich die Lady entsprechend echauffierte.

„Was ich sagen wollte", fing Liv neu an, während sie sich in Richtung Marktplatz bewegten, von dem gerade der örtliche Postbote auf seinem Fahrrad nahte.

„Guten Morgen, meine Damen", rief er zu ihnen herüber. Robbie Nelson war als Frohnatur bekannt und lieferte obendrein niemals zu spät. Das akademische Viertel hielt er penibel ein, nur eben andersrum.

„Ja, ein wahrlich schöner Morgen, und danke gleichfalls, haben Sie einen guten Tag." Liv winkte ihm nach und fuhr fort: „Ginge es in Snugford so kriminell zu wie im alten London, könnten wir mit ihm einpacken." Sie bemerkte den mit großen Schritten vom Teeladen auf sie zukommenden Gemeindepriester und schenkte ihm zur Begrüßung ein Lächeln: „Guten Tag, Father Custom, und …"

„Ja, ja, das Wetter ist heute blendend", fuhr Maggie dazwischen, ehe der Father hätte reagieren können, und blieb stehen. „Allein, weil es hier kein anderes Gesprächsthema als das verfluchte Wetter gibt, muss man sich ein Verbrechen beinah wünschen."

„Hör auf zu fluchen", sagte Liv, während sie mit gerunzelter Stirn dem grimmig dreinschauenden Dorfpfarrer hinterherblickte. Der sonst so wohlwollende Father Custom schien sie überhaupt nicht wahrgenommen zu haben und stapfte einfach weiter. „Was ist denn mit dem los? Hat er dich fluchen gehört?"

„Sieht nicht so aus. Außerdem ist so heilig nicht mal der, dass ihn mein kleiner Fluch stören könnte", sagte Maggie. „Man kann hier ja vor lauter Liebenswürdigkeit keine Unterhaltung mehr führen. Und um auf diese zurückzukommen: Was heißt zum Glück? Ich hätte nichts gegen ein bisschen mehr Schwung in diesem Nest."

Nahe dem Dorfplatz hatte sich eine kleine Menschenmenge versammelt, beziehungsweise artig in eine Schlange eingereiht, die zu Lyla Blooms neuem Teegeschäft führte.

Lyla war vor etwa einem halben Jahr in Snugford angekommen, um das alte Teehäusle ihrer verstorbenen Tante zu übernehmen. Wobei „revolutionieren“ der geeignetere Begriff sein dürfte. Sie begeisterte die Bewohner mit ihrem neuartigen Teerepertoire. Was die lange Schlange erklärte. Schon nach kürzester Zeit war der Lieblingstee der meisten Snugforder, der gute alte Earl Grey, in Vergessenheit geraten und stattdessen ersetzt worden durch allerlei interessante Sorten, deren Namen sich kein Mensch merken konnte. Was nichts daran änderte, dass er mit Begeisterung konsumiert wurde. Sogar noch vor Ort! Maggie entdeckte Lady Macsims, die genüsslich an ihrem Tee nippte und den beiden Damen zunickte, als diese vorüberschlenderten. Obwohl Maggie am liebsten in ihrem gemütlichen B&B saß, statt hier in der frischen Brise Tee zu trinken, konnte sie nicht bestreiten, dass dieser überdachte Außenbereich des Teeladens einen gewissen Charme hatte und sich die geblümten Sitzkissen hervorragend zu den Stühlchen machten.

„Och, ich weiß nicht, die kleine Bloom bringt meiner Ansicht nach einigen Schwung in dieses Dorf. Sie hat innerhalb von wenigen Monaten mehr reißerische Teesorten erfunden, als wir Teetassen im Schrank haben.“ Liv schaute in die Richtung der Schlange stehenden Einwohner. „Ihr werdet noch beste Freundinnen, Maggie.“

Es war kein Geheimnis, dass Maggie bis zu vier Kannen Tee am Tag trinken konnte und nichts gegen neue Kreationen einzuwenden hatte.

„Sie ist ein bisschen zu jung dafür und außerdem habe ich ja eine beste Freundin, die mir genug Arbeit macht." Maggie hakte sich bei Liv ein und bugsierte sie von Lylas Teeladen fort zu den Marktständen. „Es bleibt dabei, wenn Lyla Blooms Tee die einzige Aufregung hier ist, verkalke ich schneller als mein Wasserkocher."

Im Vergleich zum Ansturm auf das Teegeschäft war die Schlange am Gemüsestand überschaubar, was für die Freundinnen angesichts des Grünzeugs, das Thelma Ericson ihnen an diesem Tag anzubieten hatte, kein Wunder war. Frisch sah anders aus.

„Schau nicht so grimmig, Maggie." Die alte Thelma, die jünger als sie alle war, sich aber seit dreißig Jahren wie eine Greisin verhielt, zog eine Grimasse. „Ich kann nichts dafür, dass mein Kohl vor sich hin schrumpelt. Es liegt an diesem verfluchten Wetter."

Maggie und Liv sahen sie mit hochgezogenen Brauen an.

„Kein Tropfen Regen seit über zwei Wochen. Das geht nicht mit rechten Dingen zu."

„Da haben wir es, das Wetter schon wieder." Maggie grummelte in ihr Halstuch, während Liv den Faden aufnahm.

„Keine Sorge, es regnet früh genug wieder. Bis dahin nehmen wir auch mit Schrumpelkohl vorlieb. Ist er mal im Topf, blüht ihm dieses Schicksal so oder so."

Maggie verspürte nicht das Bedürfnis, dem zu widersprechen, obzwar sie lieber auf ihn verzichtet hätte.

„Meine Rede", bestätigte Thelma, schlagartig wieder besser gestimmt, „bei mir kommt er heute in meine altbewährte Mockturtle Soup. Ich habe Charles losgeschickt, um mir einen halben Kalbskopf zu besorgen." Sie zögerte einen Wimpernschlag lang, ehe sie sich nach vorn neigte und ihnen über die Gemüsekörbe hinweg zuraunte: „Ich habe den Verdacht, dass er mir etwas verheimlicht." Sie nickte gewichtig.

„Ach, was?" Maggie war im Nu hellhörig. Geheimnisse kamen ihr immer gelegen.

„Ja, seit ein paar Wochen verkrümelt er sich jeden Samstag um die Mittagszeit und kommt immer erst, wenn das Essen längst kalt ist."

Liv schlug eine Hand vor den Mund. Maggie verzog keine Miene. „Er wird doch keine Affäre haben?", wisperte Liv.

Maggie schnalzte mit der Zunge. „Höchstens mit dem Mittagstisch im *English Prince*", erklärte sie gelangweilt. „Da sitzt er um diese Zeit und verdrückt sein Steak. Vielleicht solltest du mal über deine altbewährte Samstagskost nachdenken."

Liv und die alte Thelma starrten sie an. Keine Frage, Maggie hatte ihre Augen und Ohren überall und war ein besserer Spürhund als ihr Detective Chief Inspector persönlich.

Mit dieser Enthüllung unschöner Wahrheiten verabschiedeten sich Liv und Maggie von der alten Thelma und schlenderten über das Backsteinpflaster davon. Die Turmuhr der zentral gelegenen *St. Luke's Church* schlug zehn vernehmliche Male, ehe sich das Dorf wieder in Schläfrigkeit bettete. Die wenigen Menschen, die unterwegs waren, taten dies gemächlich und ohne Eile. Manchmal fand Maggie, dass Snugford irgendwo im Mittelalter stecken geblieben war. Betrachtete man die Dorfkirche, bestätigte sich dieser Gedanke. Sie stellte den Siedlungskern Snugfords dar und war aus rötlichbraunen Quadersteinen erbaut. Ihr Kirchturm besaß ein eigenes Fundament und enthielt in seinem unteren Teil die Apsis. Er sah hübsch aus und kennzeichnete Snugford bereits auf einige Entfernung. Rein äußerlich war die Kirche der Romanik entlehnt. Erst im Innern machte sich der verspieltere gotische Stil bemerkbar, dem es nicht an Vergoldungen und Ornamenten fehlte. Das war das Mittelalterlichste an Snugford. Oder das Irischste, aber das hörte niemand gern.

In Snugford herrschte nahezu strenger Katholizismus. In der Realität war das tatsächlich dem irischen Einschlag des Dorfes zu verdanken. Snugford befand sich in der Grafschaft Cumbria im Nordwesten Englands und war dereinst von einem Iren gegründet worden. Das machte es zu einem bis heute von seinen Landsleuten ab und an frequentierten Ort. Für die überzeugten Briten, die die Snugforder waren, verhielt sich ihre Heimat schlicht und ergreifend in Fragen des Glaubens mittelalterlich. Folglich nicht anglikanisch. Gleichzeitig aufgeklärt und bestimmt nicht rückständig. Niemals. Fragte man Maggie, war das Ganze Firlefanz. Ob katholisch, protestantisch oder anglikanisch, Snugford war eben tiefgläubig und die Sonntagspredigten von Father Custom das Highlight eines jeden Wochenendes. Für die einen, weil sie in dieser Stunde endlich mal gepflegt schlafen konnten, für die anderen, weil er eben noch so wundervoll salbungsvoll sprach wie die Prediger vor Hunderten von Jahren. Liv fand seine Stimme erotisch, Maggie mochte sie am liebsten, wenn sie langsam verklang. Trotzdem pflegte sie ein gutes Verhältnis zu ihm, erkennbar an ihrer Kollekte, wofür er sich erkenntlich zeigte, indem er stets ihr B&B anpries und weiterempfahl.

Maggies persönliches Highlight an Sonntagen blieb der Organist, der eigentlich Gitarrist war, und es verstand, peppig zu spielen.

So viel zur Kirche. Ein wichtiges Thema für die Bewohner, ein eher langweiliges für Maggie, obwohl sie an Gott glaubte und so weiter. Sie sparte ihn sich lediglich für abendliche Gebete und den Sonntag auf. Im Alltag gab sie Fakten den Vorrang. Einer dieser Fakten war zum Beispiel, dass Snugford verdammt noch mal etwas unternehmen musste, um nicht demnächst in *Snoreford* umgetauft zu werden, so verschnarcht, wie es war! Es bestand vornehmlich aus Grau- und Brauntönen, die Häuser standen in Reih und Glied, waren ersetzbar und langweilig. Einzig durch die grünen Felder und Spazierwege rundumher wurde ihre Heimat aufgewertet.

Früher hatte es Maggie nicht gekümmert, neuerdings kribbelte es sie in den Fingern, zappelten ihre Zehen und juckten ihre Ohren bei der Vorstellung, jeder Tag ihres restlichen Lebens ginge auf dieselbe Weise weiter. Sie konnte von Glück reden, dass sie ihr abwechslungsreiches B&B besaß. Was ohne ihren Albert nicht möglich gewesen wäre. Von ihrem mickrigen Krankenschwesterngehalt hätte sie sich das nie leisten können und fühlte sich jeden Tag dankbar, dass sie damals dem attraktiven Oberarzt vorgestellt worden war, der ihr Leben auf jede erdenkliche Weise versüßt hatte. Etwas, das dieser Tage Liv übernahm, indem sie Maggie zu einem Einkaufsbummel überredete, bei dem sie sich mal wieder richtig was gönnen wollten. Auch wenn das primär auf Liv zutraf (sie würde am Ende des Vormittags gewiss drei Hüte mehr besitzen), so genoss Maggie derlei Ausflüge. Liv verstand es, einen mit ihrer frischen Art zu zerstreuen. Und ganz ehrlich: Was hatten sie schon Besseres vor?

Als sie sich zwei Stunden später mit etlichen Einkaufstüten auf den Heimweg zum B&B machten, kamen sie an Lylas Teeladen vorüber. Die lange Schlange vor dem Geschäft hatte sich aufgelöst. Das galt es auszunutzen, daher schlug Maggie Liv vor: „Sollen wir auf einen Abstecher bei Lyla Bloom vorbei? Dann haben wir für unsere Teegesellschaft heute Nachmittag nur das Beste anzubieten."

„Warum nicht?", erwiderte diese und deutete grinsend hinter sich. In der Ferne trat eine ihnen wohlbekannte Gestalt aus der Polizeistation und sah beinah so aus, als wollte sie den Teeladen ansteuern. „Sieh mal, unser Detective Chief Inspector will sich gleichfalls ein Tässchen genehmigen."

Kapitel Zwei

Mittagspausen waren eine überaus feine Sache. Vor allem, wenn sich ein Traum erfüllte, den man sich unbedachterweise in den Kopf gesetzt hatte. Jay Jameson blickte mit seinen neununddreißig Jahren auf einen abwechslungsreichen beruflichen Werdegang zurück.

Er hatte seine Eltern früh verloren, den Vater durch einen Unfall, die Mutter, weil sie ohne diesen nicht mehr leben konnte. Jays Vermögen, als Sechzehnjähriger ohne beide auszukommen, war geleitet gewesen von der Suche nach dem, was zu ihm passte, was ihm eine neue Familie sein könnte. Oder ein neuer Lebensinhalt. Entsprechend war er viel herumgekommen. Vom Taxifahrer zum Tellerwäscher, ob Liftboy oder Zeitungsbote, die Liste seiner Odysseen war lang und sie alle waren lehrreich gewesen. Am wohlsten hatte er sich unter den fahrenden Schauspielern gefühlt, die ihm gezeigt hatten, wie enorm vielschichtig die menschliche Gefühlswelt sein konnte. Er für seinen Teil äußerte nicht viele davon gekonnt. Dazu fehlte ihm das Temperament und Selbstbewusstsein. Vielleicht auch das Verständnis. Fürs Kartenabreißen hatte es genügt. Sei es, wie es sei, ohne seine Erfahrungen bei der verrückten Schauspieltruppe wäre er niemals auf den Gedanken gekommen, sich als Polizist und mittlerweile Detective Chief Inspector zu versuchen. Die Faszination hatte ihn gepackt, die Ausbildung war ihm verblüffend leichtgefallen und das erste Berufsjahr hatte ihn zwar ernüchtert, nicht hingegen abgeschreckt. Ihm war lediglich bewusst geworden, dass er nicht in einer Großstadt arbeiten konnte. Er war schlicht und ergreifend zu langsam für deren Schnelllebigkeit. So ehrlich musste man mit sich selbst sein. Ja. Das musste man.

Aber wie war er noch gleich auf diesen Gedanken gekommen? Ah, richtig. Er war sich bis zum heutigen Tag nicht sicher, ob er wirklich ernsthaft vorgehabt hatte, als Detective Chief Inspector zu arbeiten, oder allein die Vorstellung davon faszinierend gefunden hatte. Jetzt, wo er mit diesem Amt belastet – Pardon – betraut worden war, fühlte er sich zuweilen … nun, nicht überfordert, eher unsicher. So ehrlich musste er sein. Immerhin war er hier der alleinige Chef, der ganz oben, der oberste in der Befehlskette und, tja, unter ihm gab es niemanden. Er trug die Verantwortung, musste die Entscheidungen treffen, sollte es zu einem Kriminalverbrechen kommen oder zu einem anderen. Denn wie er etwas verspätet erfahren hatte, existierten hier weder ein Constable noch ein Sergeant und das bedeutete, dass alles an Jay Jameson hing.

Zwar hatten die netten Herren bei seinem Einstellungsgespräch behauptet, ihm würde noch ein Gehilfe unterstellt werden, bisher war der nicht aufgetaucht. Schon in Ordnung, das ersparte ihm lästigen Small Talk. Mit seinen Gedanken war er gerne für sich und wahrscheinlich gerade deshalb wie gemacht für diesen

Job. Also diesen speziellen, hier in Snugford. Wo die Bewohner zu liebenswürdig oder gottesfürchtig oder vielleicht zu träge für Verbrechen waren. Was aus Mittagspausen eine feine Sache machte.

Richtig, darauf wollte er hinaus. Mittagspausen bedeuteten, sich von einem Schreibtisch zu erheben, den Anrufbeantworter einzustellen und sein Büro zu verlassen, um sich eine Arbeitsauszeit zu genehmigen, die man mitnichten nötig hatte und gerade deshalb vollkommen entspannt begehen konnte. Luxus. Beim Verlassen der Polizeistation offenbarte sich ihm eine weitere gute Nachricht: Wie es aussah, würde er heute endlich einmal nicht stundenlang auf eine Tasse Tee warten müssen!

Lylas Small Teahouse, wie der geschwungene, orangefarbene Schriftzug verriet, wollte er seit einer Ewigkeit besuchen, einzig die riesige Menschenschlange davor hatte ihn bislang davon abgehalten. In seiner Pause dürstete es ihn nicht nach Gesprächen, sondern eben nach Tee. Vor allem, da das halbe Dorf von ihm schwärmte. Dabei war diese Lyla erst vor Kurzem nach Snugford gekommen, hatte es aber im Handumdrehen geschafft, ihr Etablissement mit Schwung und Innovation zu führen – womit sie ihm etwas voraushatte. Anders als er zählte sie dadurch zum Stammkern des Dorfes. Während man ihn eher verhalten musterte. Kein Wunder ...

Er stolperte über einen abstehenden Pflasterstein und direkt in den Teeladen, die kleine Glocke an der Tür bimmelte zweifach und alle Augen wandten sich ihm zu. Er lächelte und das genügte, um sie wieder abzuwenden – nach einem höflichen Nicken. Er atmete aus und wieder ein, wobei seiner Nase erst jetzt das Odeur so vieler unterschiedlicher Teesorten gewahr wurde.

Sein Blick schweifte über die bunten Teedosen, jede einzelne von Hand beschriftet. *Apfelträumchen* verriet gleich die äußerste Teedose und somit die Besonderheit dieses Geschäfts, denn wer hatte so was je gehört? Noch wunderlicher klang die *Vanille-Karamell-Reise*, die Jay augenblicklich Bilder von Urlaubsorten in den Kopf sandte. Ohne Frage, dieser Teeladen erweiterte Geschmacksknospen bereits, ehe man vom Tee gekostet hatte.

„Sieh an, der Detective Chief Inspector! Haben Sie doch genug von Ihren Akten?"

Mrs Liv Oldstep schenkte ihm ihr breit geschminktes Lächeln und war im Begriff, mit ihrer Freundin den Teeladen zu verlassen. Gewiss hatten sie sich für ihre heutige Teegesellschaft ausgestattet. Die beiden Damen waren herzallerliebst, die perfekten B&B-Besitzerinnen.

„Iwo." Mrs Maggie Rosenburn winkte ab und zwinkerte Jay zu. „Es ist zwölf Uhr dreißig und Zeit für die Mittagspause. Da hier momentan weit weniger los ist als sonst, haben Sie die Gunst der Stunde genutzt, was?"

Jay schmunzelte. Der Frau entging nichts und sie zögerte niemals damit, ihre Mutmaßungen auszusprechen.

„Sehr scharfsinnig, Mrs Maggie. *Ich wollte, mein Pferd wäre so schnell als Eure Zunge*", erwiderte er poetisch. Woraufhin sie tief seufzte.

„Sowie ich wollte, Sie würden einmal Ihren Shakespeare zu Hause lassen."

„Wie könnte ich? Der Gute war mir ein treuer Begleiter, seit ich zum ersten Mal eines seiner Sonette gelesen habe! Seine Werke zählen zu den bedeutendsten Bühnenstücken der Weltliteratur, und ihm verdankt die englische Sprache ihre Vielfalt. Rund achtzehntausend verschiedene Wörter messen seine Stücke, das muss man erst mal hinbekommen. Seien Sie nicht zu streng mit ihm, er sollte jedermanns bester Freund sein." Aber er bemerkte, dass er abschweifte, und fügte mit einem abschließenden Grinsen hinzu. „Würde ich ihn außerdem zu Hause lassen, wäre er ja weiterhin bei Ihnen."

Mrs Maggie entfuhr ein Lachen. Sie hob anerkennend einen Finger. „Gott bewahre, dann nehmen Sie ihn doch besser mit."

Sie verabschiedeten sich und gingen schwatzend ihrer Wege. Wirklich reizend die beiden.

Jay blieb zurück im Teegeschäft, zusammen mit den drei anderen Wartenden, die sich auf eine Tasse Tee mit aromatischem Geschmack freuten, und der restlichen Kundschaft. Diese war interessant, bestand nicht, wie er fälschlicherweise angenommen hatte, ausschließlich aus alten Damen und jungen Müttern. Im Gegenteil, es hatte den Anschein, es wären fast mehr Männer zugegen. Es musste nur mal jemand mit einer neuen Idee ankommen und schon wurden aus den überzeugten Biertrinkern plötzlich Teegenießer! An der Wand lehnten zwei Kerle, die mit verträumten Blicken zur Theke schauten und mit den Teesorten liebäugelten. Ein älterer Herr trank seine Tasse mit einem Ausdruck der Verzückung auf dem Gesicht direkt im Laden – und all das, obwohl es draußen ausreichend Sitzmöglichkeiten gab. Derweil ging ein weiterer Bursche mit der Teeladenbesitzerin deren Sortiment durch. Er lehnte mit funkelnden Augen an der Theke und folgte jeder Bewegung Lyla Blooms.

„Was ist in der hellgrünen Dose mit den lila Blumen?"

Lylas Stimme war zart und weich, sie gab mit einem Lächeln ihre Antworten. „*Amarena-Kirsch*, sehr vollmundig."

„Hm, das klingt natürlich verführerisch", erklärte der Bursche, seine Augen glitten von den Teedosen zu Lylas Lippen. „So wie deiner, nehme ich an?"

Lyla lachte, nahm das Kompliment zur Kenntnis, ohne zu erröten, und sah ihn abwartend an.

Sie war durchaus eine hübsche Erscheinung und passte perfekt in diesen Laden mit ihrem bunt geblümten Kleid, das entfernt an die Muster auf den Teedosen erinnerte. Ihr tiefrotes Haar lockte sich, sie hatte es hochgesteckt und dank eines breiten Haarbands wurde es daran gehindert, ihr ins Gesicht zu wandern. Einzelne Sommersprossen verliehen ihrem Ausdruck etwas Munteres, ihr Lächeln unterstrich das, derweil das tiefe Blau ihrer Augen ihre Schönheit hervorhob. Kein Wunder, dass der junge Mann sich eingeladen sah, herumzuflirten.

„Ich denke, ich nehme trotzdem den mit Pflaume und Zimt. Ich bin ein Fan von Pfläumchen."

Es gelang ihm, seine Hand auf ihre zu schieben, als sie nach einer der auf der Theke ausgestellten Dosen griff. Sie zog sie mit einer eleganten Geste zurück und füllte ihm den Tee in ein violettes Tütchen ab, versetzte es mit einem Schleifchen und reichte es ihm. Er nahm es entgegen und folgte ihr mit den Augen, als sie die Theke einmal umrundete, um den Betrag in die altertümliche Kasse einzutippen, die hier in diesem Geschäft genau richtig wirkte.

„Macht drei zwanzig."

Jay verlagerte sein Gewicht auf das rechte Bein, während er zusah, wie der Kunde eine Fünf-Pfund-Note zückte und sie ihr reichte.

„Der Rest ist für dich."

Und ehe diese Geste zu gentlemanlike wirken konnte, landete seine Hand an ihrer Hüfte. Ein Ruck ging durch den Raum. Lyla blinzelte, wehrte sich jedoch nicht. Sie hatte kaum Gelegenheit dazu. Ein anderer war schneller, trat aus der Reihe und packte den Burschen an den Schultern.

„Hey, lass deine Finger von ihr!"

Das war Finley Odell, der Sohn des Tabakwarenhändlers, und für gewöhnlich zeichnete er sich durch ein besonnenes Gemüt aus. Scheinbar nicht, wenn ein Kerl es mit dem subtilen Flirten übertrieb.

„Lass du deine von mir!", zischte der andere. „Was mischst du dich ein?"

„Du hältst den gesamten Laden auf und benimmst dich unmöglich, also lass gut sein und Lyla in Ruhe!" Finleys Stimme klang ruhig, aber entschlossen.

„Was bist du, ihr Vater? Oder stört dich einfach, dass ein anderer ..."

Der Satz verhallte in einem dumpfen Gurgeln, nachdem Finley ihm eine verpasst hatte. Damit hatte Jay keine Sekunde gerechnet. Während er noch verblüfft dabei zusah, wie der Bursche sich von dem Schlag erholte, hatte dieser bereits die Faust geballt und ging auf

Finley los. Einer jener Momente, in denen Jay zu langsam gewesen war. Selbst hier. Sämtliche Blicke richteten sich nun auf ihn und ihm dämmerte, warum. Weil es keinen Straßenpolizisten hier gab. Es gab nur ihn. Detective Chief Inspector Jay Jameson.

„Stopp", meldete er sich folglich zu Wort, wurde jedoch nicht erhört, weil Finley von seinem Widersacher gegen einen der Tische gestoßen wurde, was eine Kettenreaktion lärmender Ereignisse nach sich zog.

Die pyramidenförmig gestapelten Teedosen gerieten ins Wanken, die oberste fiel, knallte gegen den Tischrand und von dort zu Boden. Sekunden darauf folgten ihr laut prasselnd alle anderen. Finley stand inmitten der über den Boden verteilten Dosen und warf einen schuldbewussten Blick zu Lyla hinüber, die der Szenerie mit tellergroßen Augen gefolgt war.

„Tut mir leid!", murmelte er und fing an, die Teedosen wieder aufzusammeln, derweil sein Kontrahent die Fäuste ballte.

Jay bemerkte die Blicke der Umstehenden und waltete endlich seines Amtes. Er strich sich das Haar hinter die Ohren und nahm den Kerl am Arm, bugsierte ihn mit der nötigen Entschlossenheit aus dem Geschäft. Wahrscheinlich ließ dieser es nur geschehen, weil er zu perplex davon war, dass sich plötzlich der Detective Chief Inspector einmischte – den er bis zu diesem Zeitpunkt nicht bemerkt hatte. So erging es Jay häufig. Die Leute bemerkten ihn erst dann, wenn ihm etwas Blödes passierte. In diesem Fall gelang es ihm, den Kerl aus dem Teeladen zu befördern, ohne dass es so weit kam. Erst auf der Straße machte dieser sich los und setzte zur Beschwerde an.

„Was soll der Mist? Hab ich den Streit angefangen? Warum werde ich rausgeschmissen, wo Finley …"

„Vielleicht haben Sie den Streit nicht angefangen, aber ihn weitergeführt und vor allem nicht beendet." Jay sprach mit seiner ruhigen, freundlichen Stimme. Er hatte genug Autorität bewiesen. „Finley räumt da drin bereits auf, den musste ich nicht an die Regeln erinnern. Wie ist Ihr Name?"

„Pf", sagte der Bursche.

Er trug so eine alberne Cap auf dem Kopf, die ein Schriftzug zierte: R.F. Wofür es auch stand, es sollte ihn wohl cool wirken lassen. Was nicht der Fall war, und eigentlich müsste er aus dem Alter für so was raus sein.

„Schöner Polizist sind Sie, wenn Sie noch nicht mal die Bewohner hier kennen. Das finden Sie mal selber raus." Damit wandte er sich um und stürmte davon.

„Ich bin kein Polizist", murmelte Jay.

Was das andere anging, hatte der Kerl recht. Er sollte sich dringend mit den Leuten hier vertraut machen. Sonderlich viele waren es nicht. Zumindest im Zentrum Snugfords. Die meisten Bewohner der Gemeinde lebten in Höfen außerhalb, was aus Snugford ein schmales, dafür lang gezogenes Fleckchen auf der Karte machte. Hier im Kernort traf man immer dieselben Gesichter und bestimmt konnten ihm die beiden Ladys helfen, diese näher kennenzulernen. Die kannten hier gefühlt jeden – und nicht nur dem Namen nach.

Er kehrte zurück in den Teeladen, in dem es Finley gelungen war, das Chaos zu bändigen, und die beiden Kunden wieder in ihrer Schlange standen, Finley im

Gespräch mit der Teeladenbesitzerin, die ihm wohl verziehen hatte.

„So, das wäre erledigt", erklärte Jay. Es war mehr ein Murmeln als eine Information an alle. Entsprechend nahm sie niemand zur Kenntnis.

Lyla Bloom verabschiedete Finley und bediente ihre Gäste mit derselben Liebenswürdigkeit wie vor dem Zwischenfall.

Das war vermutlich der aufregendste Teil des Tages gewesen und Jay darüber keine Sekunde unglücklich. Er bestellte sich eine Tasse jenes vollmundigen *Amarena-Kirsch*-Tees und erntete dafür Lylas Zwinkern. Die Pause klang sanft und mit einem herrlichen Geschmack auf den Lippen aus.

Als er zahlte, öffnete sich die Ladentür und Bürgermeister Wolverton trat ein. Ein Mann, der stets seinen Anzug trug und einen perfekten graubraunen Schnauzer kultivierte. Viel mehr wusste Jay über ihn noch nicht zu sagen, er war der perfekte Anzug ohne Inhalt. Die Versammelten grüßten ihn im Chor und lächelten wohlwollend. Lylas Augen blieben einen Moment an Francis Wolvertons Erscheinung hängen, ihr Lächeln unverändert. Einzig ihre Hand zuckte leicht, ehe sie verzögert die Pfundnote entgegennahm, die Jay ihr hinhielt.

„Vielen Dank und haben Sie noch einen schönen Tag", sagte sie mit den üblichen Abschiedsworten.

Jay erwiderte den Gruß, nickte den Umstehenden zu und verließ Lyla Blooms Teeladen.

***

Ein paar Straßen weiter und einige Stunden später versammelten sich die obligatorischen Lords und Ladys zum Fünf-Uhr-Tee in Maggies B&B. Eine muntere Gesellschaft, die selbstverständlich nicht ausschließlich aus reichen Schnöseln bestand, sich jedoch gerne dafür hielt. Maggie mochte sie ebenso, wie sie sie zeitweilig verachtete, aber Oberflächlichkeit konnte so herrlich interessant sein, daher sah sie über ihre Schwächen hinweg.

„Ah, meine Lieben, es gibt nichts Herrlicheres als eure Scones mit Clotted Cream an einem so wunderbar frühlingshaften Märztag!", sagte gerade Lady Macsims und ließ sich die Süßigkeit mit gespitzten Lippenstiftlippen munden.

„Das freut mich, meine Teuerste", antwortete Maggie mit angestrengtem Lächeln, weil sie gleichzeitig beobachtete, wie Lady Mortimer ihrer Dogge gestattete, den Löffel mit der Clotted Cream abzuschlecken. Das Biest hatte erst vor zwei Wochen auf den Teppich gemacht, weil es überfüttert worden war. „Finden Sie die Teevariationen der lieben Lyla Bloom nicht himmlisch?"

„Oh ja, formidable, wie die Franzosen sagen würden." Baronin von Lockspridge nahm einen großen Schluck aus ihrer Tasse, als sie dies mit ihrer nasalen Adelsstimme bestätigte.

„Sie machen sich vorzüglich zu eurem Gebäck", stimmte Lady Macsims zu. „Ich habe gehört, die kleine Bloom kreiert sie selbst, alles in ihrem Laden ist selbst gemacht."

„Nein!" Lady Mortimer streichelte anerkennend ihre Dogge.

„Doch!“ Lady Macsims war es gewohnt, recht zu behalten. Ihr Mann hatte das inzwischen verstanden und schwieg bedächtig, wenn sie sprach. Wobei er im Augenblick in sein eigenes Gespräch mit Elinor Moncreif und Father Custom vertieft war.

Die Macsims wahrten den Schein einer perfekten Ehe. Maggie hingegen ahnte, dass jede Liebenswürdigkeit von Antony Macsims seiner Frau gegenüber einem mechanisch ausgeführten Ritual folgte und seine Gemütsruhe nur vorgetäuscht war. Während des gesamten Besuchs wippte sein Fuß auf und ab, tendenziell schneller, erklang die Stimme seiner Frau.

„Ich werde meine neue Küchenkraft damit beauftragen, mehr von diesem Wundertee zu kaufen, dann hat sie wenigstens etwas zu tun. Faules Ding.“ Baronin von Lockspridge, die sehr gerne ihre Luxusprobleme thematisierte, seufzte. Es gehörte sich natürlich für eine Baronin, auch dieser Tage noch Personal einzustellen, vom Butler zum Hausmädchen über den Gärtner zur Küchenmagd. „Ich bin selbst schuld. Ich habe die Preiswerteste genommen, weil sie dafür nett anzusehen ist. Das rächt sich nun. Na ja, besser als gar keine. Habt ihr das von den Jenkins gehört?“

Maggie hatte das von den Jenkins gehört. Die Ärmsten hatten sich verschuldet, so hoch, dass sie ihren Haushalt um ein bis zwei Hilfskräfte reduzieren mussten.

„Wobei es ihnen finanziell immer noch um Welten besser geht, als das auf mich jemals zugetroffen hat“, erklärte Maggie, „und ich konnte mit meinem Albert nicht klagen.“

Dazu schwiegen die Versammelten. Wenn die Reichen zur Kasse gebeten wurden, wurde daraus schnell ein kleines Drama. Maggies Abschwächung passte ihnen nicht. Was die nicht daran hinderte, ihre Gedanken auszusprechen. Ihr Blick schweifte hinüber zu Liv, die sich der Konversation mit dem tatsächlichen und dem Möchtegernadel entzogen hatte. Es war Maggie bereits vor ihr bewusst gewesen, dass es so weit kommen würde. Spätestens in dem Moment, in dem sie den gut aussehenden Lord Coldblut neben Father Custom in den Salon gebeten hatte. Er entsprach vom grau melierten Pferdeschwanz bis hinab zu seinen perfekt polierten cognacfarbenen Kalbslederschuhen Livs Beuteschema. So wie sie umgekehrt seinem, bedachte man, wo sich seine Hand befand – jetzt schon, etwa eine halbe Stunde, nachdem sie sich das erste Mal in ihrem Leben gesehen hatten. Er war ein Freund der Lockspridges und außerdem gebürtiger Snugforder. Ein attraktiver Charmeur, dessen Finger einen sanften Tanz über Livs Oberschenkel vollführten. Sie saß mit diesem Lächeln, das nur sie beherrschte, auf dem Sofa, den Ellenbogen elegant in die Lehne gebohrt, während die Finger mit ihren blondierten Locken spielten.

„Verzeihung, Maggie, meine Gute, du hast nicht zufällig ein paar pikante Sandwiches? Ich fürchte, ich bin kurz vor einem Zuckerschock."

Maggie lächelte Lady Mortimer zu und verkniff sich die Bemerkung, dass sie vermutlich eher ihre Dogge zu verköstigen beabsichtigte. Stattdessen erhob sie sich.

„Gewiss, Marlena, sie stehen in der Küche bereit." Man kannte seine Pappenheimer.

Sie war im Begriff den Salon zu verlassen, als sich auch Father Custom empfahl und hinter ihr herkam.

„Ach, Sie gehen?", entfuhr es Maggie mit einem Blick auf seine nicht angerührte Teetasse.

Der Weltpriester lächelte bedauernd. „Ja, leider, die Pflicht ruft. Ich muss noch die Predigt für das Hochfest der Verkündigung des Herrn vorbereiten."

Er streifte sich seine dünnledrigen Handschuhe über und wuschelte sich im Anschluss durch die grauen Locken. Jesuslocken, wie sie die Klatschweiber nannten, weil es ansonsten für alle unpassend gewesen wäre, dass ein Geistlicher in seinem Alter noch so volles Haar vorzuweisen hatte.

Maggie nickte verstehend. Er verließ das Haus in jenem Moment, in dem ihr Detective Chief Inspector hereinkam. Sie prallten auf der Treppe gegeneinander, tauschten eine Entschuldigung und gingen ihrer Wege; Jay Jameson direkt auf Maggie zu. Er hatte sich seiner Dienstjacke entledigt und bewegte sich in einer Mischung aus Schlendern und Staksen durch den Flur. Er trug dieses sanftmütige Lächeln im Gesicht. Schief und mit einem Grübchen.

„Ach, ich grüße Sie, Mrs Maggie, ich hatte völlig vergessen, dass heute Kaffeekränzchen ist. Kann ich Ihnen bei irgendetwas zur Hand gehen?"

Tee, nicht Kaffee. Einerlei. Sie wollte dankend ablehnen, da war er bereits in die Küche gerumpelt und hatte sich die Platte mit den Sandwiches geschnappt.

„Das kann ich rüber tragen", sagte er und Maggie blieb nichts weiter, als es inständig zu hoffen.

„Passen Sie mit der Schwelle auf", warnte sie ihn gerade noch rechtzeitig. Er hob den Fuß und trat unfallfrei in den Salon.

„Ah, der Detective Chief Inspector!", rief Baronin von Lockspridge. „Bringen Sie uns heute den Nachschub?"

„Oh, nein, oder doch, ich bringe ihn. Ich habe ihn nicht gemacht." Er stellte den Teller sicher auf den Tisch.

Baronin von Lockspridge lachte über diese Bemerkung. Das galt für alle anwesenden Damen. Sie waren auf geradezu lächerliche Weise hingerissen von Jay Jameson und machten prompt Platz auf dem Kanapee, um ihn zwischen ihren vornehmen Hintern einzuzwängen. Maggie setzte sich zurück in ihren Sessel und grinste. Natürlich konnte sie es ihnen nicht verdenken. Der Gute sah nicht schlecht aus, war jünger als jeder Ordnungshüter, den Snugford je besessen hatte, und lächelte alle Tage wie ein Teddybär. Wie sollte man den nicht mögen? Zumindest, sobald er außer Dienst war. Was sie über ihn als Detective Chief Inspector dachten, stand auf einer anderen Karte.

„Sie müssen sich furchtbar langweilen in unserem Örtchen, Detective." Das stellte Baronin von Lockspridge mit einem Anflug von Flirt in der Stimme fest. Den er nicht bemerkte, sondern ernst widersprach.

„Ganz und gar nicht, ich genieße das Landleben und die ruhige Lage. Snugford ist ein sehr ... gemütlicher Ort."

„In der Tat", sagte Lady Macsims und nickte mit wippender Dauerwelle, „so friedlich."

Zu friedlich, fügte Maggie in Gedanken hinzu.

„Ja, wir sind eine nette Gemeinschaft. Oder haben Sie
schon jemanden in Verdacht, Leichen im Keller zu ver-
stecken?" Das Erfrischende an der Baronin war, dass
sie Maggies Umtriebigkeit teilte. Oder in ihrem Fall
konnte man getrost von Sensationsgeilheit sprechen.
„Ich kann mir beim besten Willen niemanden hier vorstellen, der ein böser Junge sein sollte. Oder ein unarti-
ges Mädchen!"

Sie kicherte, sah ihn jedoch an, als hoffte sie darauf,
er würde ihr widersprechen. Sie kannte ihn schlecht.

Jay Jameson strich sich über den Bart. „Für den Augenblick würde ich Ihnen zustimmen, verehrteste Baronin von …" Er sah Hilfe suchend zu Maggie, die ihm
den Gefallen tat, den Namen mit den Lippen zu formen
– zumindest die Gabe des Lippenlesens beherrschte er
formvollendet. „… Lockbridge." Na ja. Fast. Seine da-
rauffolgenden Worte machten den Fauxpas unwichtig.
„Trotzdem kann sich das Blatt vom einen auf den anderen Tag wenden. Manche Menschen werden über
Nacht zu Verbrechern. Es genügt eine Kleinigkeit und
sie verwandeln sich in jemanden, den sie niemals zu
sein beabsichtigt hätten. *Denn an sich ist nichts weder
gut noch böse, das Denken macht es erst dazu.*"

Diese tiefgründigen Worte übten, obwohl er sich wieder einmal des guten alten Shakespeares bedient hatte,
eine gewaltige Wirkung auf die Damen aus. Sie nickten
mit beeindruckten Mienen, Lady Macsims sogar fast
beunruhigt. Ihr Lächeln ging in einen Spitzmund über.

„Danke, Inspector, für diese Erweiterung unseres
Horizonts. Sie haben uns allen etwas zum Nachdenken
gegeben."

Unbeabsichtigt, nahm Maggie an. Doch sie war überrascht, wie passabel er sich heute sowohl in Gestik als auch Konversation schlug. Niemand hatte sich bislang einen Teefleck auf dem Kostüm eingefangen, das Geschirr war noch heil und zum Nachdenken hatte er ihre Köpfchen obendrein gebracht. Halleluja.

Kapitel Drei

Liv Oldstep fuhr ihre Lippen mit dem dunkelroten Stift nach, beginnend am Lippenherz, anschließend nach außen zur Lippenkontur und den Mundwinkeln. Sie liebte das leichte Kribbeln, das dabei entstand. Es war das Gefühl von Spannung, Aufregung und Erotik. Herrlich! Klar, nicht wirklich zu gebrauchen, wenn man vorhatte, die Sonntagsmesse zu besuchen, aber sehr wohl, wenn man dort auf einen gewissen Lord treffen würde. Hach. Der Mann war der Hammer! William Coltblut, allein der Name zerging ihr wie heiße Schokolade im Mund. Er selbst besaß diese erotische Art, diesen Namen mit einem Blitzen in den Augen von seiner Zunge gleiten zu lassen. Göttlich. Dass er nicht aufkreuzte, bezweifelte sie. Das Dorf besuchte sonntags geschlossen die Kirche und als Gast der Lockspridges zählte er mit Sicherheit zu den Ersten. Der einzige Grund, warum Liv ausnahmsweise ebenfalls früher dran war.

Sie bemühte sich darum, nicht zu zügig zu gehen, als sie Maggie beim B&B abholte, und so zu wirken wie immer. Nicht etwa wie eine verliebte High-School-Absolventin. Trotzdem versetzte es ihr einen Stich, als sie die St. Luke's Church erreichten und kein Lord Coldblut zu sehen war. Die Lockspridges waren chronisch überpünktlich, was hielt sie auf?

„Guten Morgen, Mrs Rosenburn, Mrs Oldstep!", grüßte Robbie Nelson, der gerade mit seiner Frau und dem kleinen Sohnemann herbeischlenderte. Liv und Maggie erwiderten den Gruß, wobei Livs Augen unruhig über den Dorfplatz schweiften. Die Jenkins näherten sich mit bemüht fröhlichen Mienen, es wurden ein paar Floskeln über das Wetter ausgetauscht, ehe sie sich in die Kirche verkrümelten. Mrs Jenkins trug denselben Mantel wie im letzten Frühjahr.

Die Friseurfamilie erschien als Nächstes, Mrs Lovflat mit neuer Dauerwelle, Mr Lovflat mit Glatze, die Tochter mit modernem Undercut.

Livs Fußspitze bohrte sich zwischen die Rille zweier Pflastersteine. Wo blieben die Lockspridges?

„Weißt du, wir haben noch eine Minute, um pünktlich zu kommen." Maggie bemerkte das beiläufig und nickte dabei den Moncreifs zu.

Elinor stützte ihren leicht kränklich wirkenden Mann, der laut Aussagen der Nachbarn seit drei Jahren starb. Etwas, das Elinor nicht zuließ, koste es, was es wolle. Sie war sturer als der Tod.

Flüchtig rührte Liv der Anblick der beiden und sie vergaß, mit dem Zeh gegen das Pflaster zu tippeln. Das nannte man wahrhafte Liebe und Treue. Man könnte sie darum beneiden. Liv war nicht aus diesem Holz geschnitzt. Das gestand sie sich ein. Sie war die ewige Abenteurerin. Womit sie an ihre aktuelle Misere erinnert wurde. Dass sie jetzt gezwungen wäre, der Messe ihre volle Aufmerksamkeit zu schenken, weil sie so was wie versetzt worden war. Klar, sie waren nicht verabredet gewesen. Nichtsdestoweniger konnte sie nicht umhin, sich einzubilden, es könnte etwas mit ihrer

Flirtintensität zu tun haben, dass sich die Lockspridges mit ihrem Gast zum ersten Mal in Jahren nicht in der Kirche blicken ließen. Tja. Was sollte es. Andere Lords waren auch nicht zu verachten ...

„Gehen wir rein." Sie zog Maggie mit sich, ehe die Kirchenglocken verstummen konnten.

Beim Anblick von Lyla Bloom, die in der vorletzten Kirchenbank Platz genommen hatte – und mit ihr sämtliche männlichen Singles des Dorfes –, musste sie sekundenlang gegen den Anflug von Neid ankämpfen, ehe die reife Erwachsene wieder die Oberhand gewann und sie sich mit Maggie in der hintersten Bank niederließ. Sie würde mindestens zehn Minuten benötigen, um ihre Enttäuschung zu verwinden. Das biss sich mit ihrem normalerweise federleichten Wesen. Liv blies selten Trübsal. Nicht mal wegen Männern, dafür gab es zu viele von ihnen. Trotzdem zerflossen Father Customs Worte zu einem uninteressanten Brei, da half auch seine anziehende Stimme nichts. Heute war ihr nicht nach Gott und Froher Botschaft.

„Verzeihung, die Damen, ist hier unter Umständen noch ein Plätzchen für einen verspäteten Gentleman frei?"

Liv hob den Kopf und fühlte sich mindestens ebenso selig wie Maria, als der Engel Gabriel ihr verkündet hatte, sie werde den Sohn Gottes durch den Heiligen Geist empfangen. William Coldblut zwinkerte ihr zu, als sie bereitwillig Platz machte, derweil Maggie so tat, als habe sie nichts bemerkt.

„Sehr peinlich diese Verspätung", raunte William und sah sich um, erleichtert feststellend, dass sich niemand darum scherte. „Iris hat eine fürchterliche Migräne, weshalb sich alles verzögert hat und sie letztlich doch zu Hause geblieben sind. Habe ich viel verpasst?“

Einzig Livs enttäuschten Gesichtsausdruck. Der nun zu seiner alten Zufriedenheit zurückfand.

„Nicht das Geringste.“

Sie griffen gleichzeitig nach dem Gesangbuch, ihre Hände fanden einander, erreichten das Buch nie. Singen war out.

***

Wenn Liv im siebten Himmel schwebte, benahm sie sich wie manisch. Maggie hatte diesen Zustand bei ihrer besten Freundin schon Hunderte Male erlebt und wunderte sich über gar nichts mehr.

„Liebes, es ist vollkommen in Ordnung, dass du summend mit dem Staubwedel durch das B&B tänzelst“, sagte sie und stemmte die Hände in die Hüften, „oder dass du innerhalb von dreißig Minuten die Küchenzeile ausgeräumt, ausgewischt und anschließend die Teller und Tassen nach Farben geordnet wieder eingeräumt hast. Sehr ästhetisch, danke. Aber was hast du dir dabei gedacht?“

Sie deutete auf die Unmengen von Omelett, die ihre Freundin im Morgengrauen gemacht hatte. So viele, dass es für eine gesamte Kompanie reichte. Zwar hatten sie abends zuvor überraschend Besuch von einem jungen Franzosen erhalten, der sich scheinbar nach Snugford verirrt und eine nächtliche Bleibe gesucht hatte, im Gegenzug war ihr Inspector allerdings nicht erschienen. Maggie mutmaßte, dass er über seinen

Akten eingeschlafen war. Weshalb sie auf zwanzig Eierpfannkuchen sitzen bleiben würden.

„Wir könnten sie dem Franzosen mitgeben. Als Reiseproviant."

Beide Frauen sahen zu dem Kerl rüber. Er sprach nur bruchstückhaft Englisch und wirkte, seit er abends zuvor hier angekommen war, reichlich vergeistigt. Als ob er vom Himmel gefallen wäre und nicht recht wüsste, was er mit sich anfangen sollte. Darauf, ihm eine Packung Omelett für die Heimreise anzudrehen, verzichtete Maggie aus eben dem Grund. Er schien überfordert genug, sich zu orientieren.

Sie sah Liv dabei zu, wie sie ihn mit viel Geflirte und Gelächle in der Eingangshalle verabschiedete. Selbst, wenn sie sich in einer Beziehung wähnte, unterließ sie dieses Balzverhalten nicht. Sie wickelte gerade eine ihrer Strähnen um den Finger, als der gute Jay Jameson heimkehrte. Wie zu erwarten, mit zerrauftem Haar und steifem Nacken.

„Verzeihung, Mrs Maggie", erklärte er, nachdem er minutenlang blinzelnd zugeschaut hatte, wie Liv dem fremden Gast den Weg zur Bushaltestelle zu erklären versuchte, „mich hat die Müdigkeit übermannt und ich bin im Büro eingeschlafen."

Na bitte. Auf ihre Intuition war Verlass.

„O, dann sind Sie mit Sicherheit ausgehungert. Kommen Sie, wir haben massenhaft Omelette übrig."

Sie winkte ihn in die Küche und vergaß, die Schwelle zu erwähnen, über die er prompt stolperte, weil er immer wieder zu Liv und dem Franzosen starrte.

„Wer ist der junge Mann? Ein neuer Verehrer von Mrs Liv?"

Bemerkenswert, dass er das vermutete. Es war die erste clevere Schlussfolgerung, die sie aus seinem Mund vernahm. Wenn auch in diesem Fall falsch.

„Nein, ein unverhoffter Gast. Sie hätten ihn kennengelernt, hätten Ihre Akten Sie nicht in den Schlaf gestaubt. Wir haben nicht den blassesten Schimmer, wer er ist und was er hier verloren hat. Er spricht nicht viel. Das Taxi hat ihn gestern Abend hier abgesetzt, aber warum er hierhergekommen ist, konnte ich ihm nicht entlocken.“

Jay Jameson nahm diese Information mit einem Stirnrunzeln zur Kenntnis. „Aha.“

„So, das wäre erledigt. Ich denke, den Weg nach Hause wird er irgendwie finden.“ Liv kehrte mit einem verklärten Lächeln zurück in die Küche. Die Wangen leuchteten rosa und die Mundwinkel klebten irgendwo auf Ohrläppchenhöhe. Ob es dem Franzosen oder ihrem Lord zu verdanken war, entzog sich Maggies Kenntnis. Mutmaßlich beiden.

„Ach, so ein Mist!“ Liv stöhnte nach einem Blick auf das Gästebuch. „Er hat seinen Führerschein liegen lassen!“

Sie schnappte sich das Ding und eilte aus dem Haus, während Jay Jameson ihr mit gefurchter Stirn hinterher sah.

„Er hat seinen Führerschein hiergelassen? Angereist ist er aber mit dem Taxi?“

Maggie winkte ab. „Wir fragen bei der Anmeldung immer nach dem Führerschein, wenn die Gäste keinen Ausweis bei sich haben. In seinem Fall wird dieser gerade aktualisiert, deshalb hatte er lediglich den Führerschein. Sollte ich ihn richtig verstanden haben. Der Junge ist ein bisschen wie Sie, mein Guter."

„Wie denn?"

„Na, leicht verschusselt."

Jay Jameson blinzelte mit zusammengezogenen Augenbrauen. „Verschusselt?"

Er wollte ihr hoffentlich nicht erzählen, er hielt sich für strukturiert? So wie er sie anstarrte, womöglich doch, dämmerte Maggie. Sie versuchte, ihre Behauptung abzuschwächen.

„Ja, Sie wissen schon, mit den Gedanken hin und wieder woanders und ..."

„Ach, Sie meinen, weil ich letzte Nacht im Büro eingeschlafen bin. Ja, da haben Sie recht. Das war schusselig."

Maggie schwieg. Seine Selbstwahrnehmung war bemerkenswert.

„Zu spät." Sie hörte Liv keuchend in den Flur kommen. „Der Bus ist bereits abgefahren und hat unseren Franzosen mitgenommen." Sie kehrte zurück in die Küche, plumpste auf einen der Stühle und strich sich eine verschwitzte Strähne hinters Ohr. „Ich hoffe, er hat eine Nummer hinterlassen." Sie griff nach einer Gabel und pikte sich etwas Omelette darauf. „Tja, so werden wir ihn vielleicht noch einmal wiedersehen, diesen süßen Fratz."

Maggie verdrehte die Augen. War eigentlich irgendein Mann vor dieser Frau sicher?

***

Einen Tag später herrschte wieder Normalität in Snugford. Ruhe, graue Nebelwände und Nieselregen. Was Liv und Maggie nicht davon abhielt, im überdachten Außenbereich von *Lyla Blooms Small Teahouse* zu sitzen und sich bei einer Tasse *Wildem Rosentee* tödlich zu langweilen.

„Du hast recht, hier passiert einfach nichts. Total tote Hose. Bei tristem Wetter trifft einen die Realität immer härter."

Livs manische Phase hatte sich mit dem Verschwinden der Sonne hinter dicken Regenwolken ebenfalls verflüchtigt. Sie schmachtete weiterhin für diesen Lord Coldblut, verhielt sich dabei jedoch wieder wie eine Frau ihres Alters.

„Du sprichst mir aus der Seele." Maggie neigte sich über den Tisch. „Wenn dieses Nest schon in Eintönigkeit versinkt, müssen eben wir für Schwung sorgen."

Liv grinste. „Und was schwebt dir vor? Willst du einen Tanzsalon eröffnen?"

Das sah ihr ähnlich. Es klang zwar durchaus nach Schwung und einem Vergnügen, dem sich Liv unabhängig von ihren achtundfünfzig Jahren hingeben würde, aber Maggie sah sich eher bedingt das Tanzbein schwingen.

„Das nicht gleich. Dennoch könnte unser B&B etwas mehr Frequentierung vertragen. Wir haben pro Monat maximal fünf Besucher, von unserem schusseligen Dauergast abgesehen. Erst im Sommer ist ein bisschen mehr los. Wie wir letztens wieder unsere Teegesellschaft versammelt hatten, dachte ich mir, wir könnten häufiger solche Nachmittage anbieten."

„Ah, für jeden Tag was anderes, was?" Liv sprang auf den Zug auf und holte ihr Notizblöckchen aus der Tasche.

Ein Überbleibsel ihrer Zeit als rastlose Journalistin, die sie bis vor wenigen Jahren noch gewesen war. Ehe sie der Autounfall ihres Gatten als wohlhabende Witwe zurückgelassen hatte. Nach einem verkürzten Trauerjahr und schlimmen Rückenschmerzen hatte sie beschlossen, nicht länger hinter Titelstorys herzujagen, die selbst in der nächstgrößeren Stadt kaum spannender als in Snugford waren. Die Idee, das B&B zu gründen, stammte von ihr und Maggie war ihr dafür dankbar. Nun kritzelte sie eifrig auf ihren Block.

„Also mal sehen, am Donnerstag die Teegesellschaft, dann wäre freitags Action nicht schlecht. Ich habe immer noch Kontakte in Keswick. Vielleicht könnte man ein paar Kleinkünstler anfragen."

Maggies Augen leuchteten auf. Kein schlechter Gedanke, das hatte Pep.

„Ist bei Ihnen alles in Ordnung, oder benötigen Sie noch etwas, die Damen?"

Beide Damen schreckten aus ihren Überlegungen hoch, lachten im Anschluss herzlich über diese übereinstimmende Reaktion und winkten ab, als sie Lyla Bloom erkannten.

„Vielen Dank, es ist alles bestens. Der Tee ist köstlich. Woher nehmen Sie bloß Ihre Ideen?"

Lyla lächelte mit rosigen Wangen.

„O, die sind nicht alle von mir. Einige der Sorten sind schon eine Weile bekannt. Sie haben es nur nicht bis nach Snugford geschafft. Die *Wilde Rose* ist allerdings tatsächlich eine Eigenkreation. So viel Rose ist da nicht mal drin." Sie zwinkerte.

Die Kleine war eine Augenweide und mit ihrer Laune herzallerliebst, das musste Maggie ihr lassen. Sie wirkte so frisch und munter wie jeden Tag, war der geborene Sonnenschein dieses Dörfchens. Gerade deshalb fiel es auch besonders auf, als sich die Sonne auf ihrem Gesicht urplötzlich verzog. Maggie folgte ihrem Blick und erkannte Francis Wolverton, den Bürgermeister, im Gespräch mit einem Anzugträger. Ihre Augen fanden wieder Lyla.

„Stimmt etwas nicht, meine Liebe?"

Lylas Lächeln kehrte zurück und sie schüttelte den Kopf. „Nein, nein, alles in Ordnung. Ich habe diese beiden letztens hier bedient und konnte nicht umhin, Teile ihres Gesprächs mit anzuhören."

Maggie setzte sich interessiert auf. „Kein sehr angenehmes, schließe ich aus Ihrem Gesichtsausdruck."

„Ach, ich will nicht tratschen", erwiderte Lyla ausweichend.

Papperlapapp. Wenn es etwas gab, das Maggie jedem Menschen verzieh, war es Tratschen.

„Keine Sorge, wir verraten nichts." Was der Wahrheit entsprach. Sie konsumierte lediglich, das Tratschen überließ sie den anderen.

Lyla zögerte noch einen Moment. Schließlich gab sie sich einen Ruck. „Ich habe bloß gehört, wie der Bürgermeister mit diesem Kerl, seinem Familienmakler, über neue Investitionen geredet hat. An sich nichts Verwerfliches, aber wie es aussieht, beabsichtigt er, seinem Sohn ein Haus hier in Snugford zu schenken. Sie wissen von diesem Sohn, er ist Fußballstar?"

Wäre er das, würde ihm sein Vater bestimmt kein Haus kaufen müssen. Nach allem, was Maggie wusste, handelte es sich um einen mittelmäßig begabten Sportler, der davon träumte, in die Nationalmannschaft aufgenommen zu werden, und in Wirklichkeit immer noch in der sechsten Liga oder was auch immer spielte. „Er strebt danach", lautete Livs trockene Antwort.

„Ach, na, ich verstehe nichts davon. Jedenfalls habe ich gehört, dass es der Bürgermeister auf das Haus der alten Janet Sweetfinger abgesehen hat." Lyla senkte die Stimme. „Er meinte, er wolle die alte Schachtel spätestens zum Sommer rausgeekelt haben, wenn sie noch immer nicht sterben wollte."

Maggie und Liv tauschten einen Blick aus hochgezogenen Brauen. Das war in der Tat interessant. Der gute Mr Wolverton, stets bemüht um Harmonie und Einigkeit, versuchte Janet um ihren Besitz zu bringen? Sie hätte es gerne für Unfug befunden, aber Maggie wusste, dass kein Mann von hohem Rang je ein Heiliger gewesen war; und Francis Wolvertons Doppelkinn des Wohlwollens war ihr schon immer suspekt gewesen.

Lyla war ihr Geständnis sichtlich unangenehm. Sie knetete ihre Hände, die Wangen hatten eine leicht rosa Färbung.

„Ich habe vielleicht etwas falsch verstanden." Sie versuchte, wieder zu relativieren, was sie ausgeplaudert hatte.

Liv tat ihr den Gefallen, ihre Seele zu erleichtern. „Wer weiß. Oder der Bürgermeister hat so dahergeredet. Machen Sie sich nicht zu viele Gedanken, Schätzchen, in Snugford siegt am Ende immer die Korrekt-

heit. Francis Wolverton wird sich hüten, eine alteingesessene Dame aus ihrem Haus zu schmeißen. Damit
wäre ihm die Absetzung gewiss."

Was Lyla erleichterte. „Ja, bestimmt." Sie schob eine
ihrer roten Locken zurück unter ihr Haarband. „Also,
da Sie so weit zufrieden sind, würde ich jetzt meine Mittagspause machen. Sie können ruhig sitzen bleiben, ich
bin nur zwanzig Minuten nicht hinter der Theke, aber
trotzdem jederzeit zur Stelle."

„Danke, gönnen Sie sich Ihre Pause, wir kommen hier
wunderbar zurecht", sagte Maggie und Liv nickte zustimmend.

„Das sind ja hochinteressante Neuigkeiten", murmelte diese, sobald Lyla verschwunden war. „Der gute,
alte Francis. Dabei kann ich mir nicht vorstellen, dass
sein Sohn in einem so altmodischen Haus leben
wollte."

Maggie neigte sich nach vorn und veränderte die
Stimme zu einem Raunen, wie immer, wenn sie sich
doch dazu hinreißen ließ, etwas weiter zu tratschen.
„Man munkelt ja, dass seine Schwiegertochter ein Kind
erwartet und er deshalb so versessen ist, seinem Sohn
eine anständige Bleibe zu besorgen."

„Ach was?" Liv schnalzte mit der Zunge. „Eigentlich ja
süß von ihm, solange er Janet in Ruhe lässt."

Sie legte einen Finger auf die Lippen und warf Maggie
einen verheißungsvollen Blick zu. „Da ist er wieder."

Und er kam direkt auf den Teeladen zu, in der Absicht
einzutreten. Maggie reagierte blitzschnell.

„Ach, Mr Wolverton, Sie haben Pech, die liebe Miss
Bloom macht gerade eine halbe Stunde Pause."

Der Bürgermeister blieb stirnrunzelnd vor der Ladentür stehen. „Müsste sie das nicht durch ein Schild kenntlich machen?“, fragte er.

„Sie macht es durch uns kenntlich“, erklärte Maggie freundlich. „Was wollten Sie denn von ihr?“

Die Furche auf der Stirn des Bürgermeisters vertiefte sich. „Na, Tee. Meine Lili hat bald Geburtstag und sie schwärmt für das Sortiment.“ Er seufzte und winkte ab. „Na, werde ich wohl später wiederkommen müssen.“

Er empfahl sich und schritt mit einem letzten Blick auf Lylas Eingangstür ums Haus herum.

Maggie grinste. „So, den wären wir los. Dann versaut er der lieben Miss Bloom nicht die Pause. Kommen wir zurück zu unserem Wochenprogramm. Wir müssen verhindern, dass wir wie dieses Dornröschen in einen hundertjährigen Schlaf fallen vor lauter Langeweile.“

Zum Glück waren Liv und sie ein unschlagbares Team, was Innovation betraf, und nach zwanzig fabulösen Minuten sah die Welt weitaus interessanter aus. Entsprechend hochzufrieden begab sich Maggie auf den Weg in den Teeladen. Nach drei Tassen musste sie dringend in die Keramikabteilung gehen, um ihr Bedürfnis zu umschreiben, Lylas Gästetoilette aufsuchen zu wollen. Das Bimmeln der Ladenglocke hallte im ausgestorbenen Raum wider. Scheinbar wussten alle außer dem Bürgermeister von den hiesigen Mittagszeiten. Sie stemmte sich gegen die verzogene Tür, die in den Flur und zur Gästetoilette führte, gedanklich bei ihren neuesten Ideen und mit einem Lächeln auf den Lippen, weshalb dieses auch noch gute zehn Sekunden dortblieb. Ehe die Realität sie einholte und Maggies Herzschlag aussetzte.

Ungläubig starrte sie auf die Gestalt, die vor ihr auf dem Boden lag, war sich sicher, einer schrecklichen Illusion zu erliegen. Das konnte nicht wahr sein. Sie konnte nicht ... Vor kaum einer Viertelstunde hatten sie noch miteinander gesprochen, vor kaum einer Viertelstunde war sie noch das blühende Leben gewesen! Jetzt lag Lyla Bloom mit weit aufgerissenen Augen in einer Blutlache im Flur ihres Teeladens – regungslos. Um nicht zu sagen leblos.

Maggie starrte sie an. Handelte es sich hierbei um einen Unfall? Wie sollte der bitte vonstattengegangen sein? Es gab im Flur nichts, woran sich Lyla hätte stoßen können, nichts, das die tödliche Wunde an ihrem Kopf erklären würde. Aber Mord? Hier in Snugford? Niemals!

Immer noch rührte sich Maggie nicht. Ob Unfall oder Mord, der Tod stand der attraktiven Teeladenbesitzerin ebenso gut wie alles andere, kam es Maggie in den Sinn, derweil das Blut weiter aus der Wunde an deren Kopf sickerte. Erst mit dieser Erkenntnis erwachte die einstige Krankenschwester in ihr und Maggie schlug die Hand vor den Mund. Sie mussten auf der Stelle Hilfe rufen! Der Krankenwagen wäre Unsinn, der Leichenwagen schon eher angebracht und außerdem schnellstmöglich die Polizei.

Noch ehe sie den Gedanken zu Ende geformt hatte, ergriff sie die Skepsis. Ihr neuer Detective Chief Inspector mochte ein feiner Kerl sein, was seine Fähigkeiten als Kriminalbeamter anging, hatten sie es hingegen nicht gerade mit einem Sherlock Holmes zu tun. Noch nicht einmal mit Watson. Wie sollte der einen Mordfall aufklären, wo er nicht mal seine Jacke zugeknöpft bekam?

***

Herr im Himmel! Liv stand ein bisschen unter Schock. Etwa zehn Minuten lang, weil sie nicht fassen konnte, dass die hübsche Teeladenbesitzerin, mit der sie sich eben noch unterhalten hatten, tatsächlich tot auf der Erde lag. Ermordet, wie sich Liv und Maggie schnell einig wurden. Eine solche Kopfwunde fügte man sich nicht aus Versehen zu. Wobei von der Mordwaffe jede Spur fehlte. Und sie hatten draußen vor dem Haus gesessen und nichts mitbekommen. Keinen Streit, kein Getöse, niemanden, der hereingekommen war. Zumindest nicht durch die Vordertür.

Livs Herz trommelte immer noch wie wild. So was Aufregendes war ihr in all den Jahren als Journalistin nie passiert und schon gar nicht in Snugford. Dass der Schock weitere zehn Minuten andauerte, lag am Anblick ihres Detective Chief Inspectors, der ihre Meinung bezüglich des Mords nicht teilte.

„Also schön, ja, wir müssen zunächst einmal den Unfallort sichern", ordnete er an.

Wem, war unklar. Es gab ja nur ihn. Er hatte zwar Verstärkung aus dem Nachbarort angefragt und die Forensik informiert, aber bis da jemand kam, würde er die Spuren am sogenannten Unfallort vermutlich eher verwischt als gesichert haben.

„Machen Sie sich keine Sorgen, ich habe eine Weiterbildung zum Kriminaltechniker besucht und kenne mich mit der Spurensicherung aus", widersprach er Livs Gedankengängen und bewies trotzdem das Gegenteil.

Herrje. Seine Versuche, Absperrband vor der Tür zum Flur anzubringen, waren ebenso unsinnig wie ergebnislos. Schließlich legte er es einfach auf den Boden. Das konnte ja heiter werden. Er ging um die Leiche herum und fotografierte wild drauf los. Seine vom Regen schmutzigen Schuhe hinterließen überall Abdrücke. Liv und Maggie tauschten einen Blick.

„Verzeihung, Detective", Maggie, die sich schneller gefasst hatte als Liv, räusperte sich, „wie kommen Sie darauf, dass es ein Unfall war? So wie Miss Bloom aussieht, wurde sie doch definitiv mit einem Gegenstand erschlagen."

Der Detective senkte die Kamera und nickte bedächtig. „Ja, möglich wäre es. Mitnichten können wir es ausschließen, aber seien Sie versichert, es gibt die verrücktesten Dinge. Habe ich Ihnen je von der Geschichte in Lower Slaughter erzählt? Ich sage Ihnen, beim Theater erlebt man die unglaublichsten Unfälle." Er betrachtete Lyla Blooms Gestalt. „Dieser Fall erinnert mich irgendwie an die damaligen Geschehnisse ..."

Liv blinzelte ungläubig, Maggie blieb äußerlich ruhig. „Das hier ist eindeutig kein Theaterstück, Detective, das ist echtes Blut und eine echte Leiche."

„Eindeutig, ja." Er war immer noch in Gedanken versunken. „Nun, warten wir auf die Forensik. Die wird uns sicherlich Aufschluss über diese Kopfwunde geben können. So lange können Sie mir gerne etwas zur Hand gehen, sollte es Ihnen nichts ausmachen – vier Augen sehen mehr als zwei. Oder sechs Augen."

Vier waren schon richtig, auf seine war kein Verlass, befand Liv kopfschüttelnd. Ein Unfall wie im Theater!

Was dachte der sich? Würde er nicht so niedlich aussehen, müsste sie ihn einmal kräftig schütteln!

„Vielleicht sollten wir unsere Schuhe abstreifen, damit wir nicht etwaige andere Spuren unkenntlich machen", schlug Maggie mit Blick auf seine Abdrücke vor, die er bereits großzügig im Flur verteilt hatte. Liv und Maggie waren dem längst nachgekommen, aber die Höflichkeit gebot es, die Wir-Form anzuwenden, wenn man seinen vorübergehenden Vorgesetzten bevormundete.

Der Detective nickte, die Hand strich über den Bart. „Waren denn Fußspuren zu sehen, als Sie die Leiche gefunden haben, Mrs Maggie?"

Maggie dachte einen Augenblick darüber nach. „Ich kann mich nicht daran erinnern, bin mir jedoch nicht sicher."

„Ach, dann dürfte es einerlei sein."

Beide Frauen sahen ihn mit großen Augen an. War das sein Ernst?

Er bemerkte ihre Blicke und stellte klar: „Meine Abdrücke kenne ich ja, und die anderen sollen ihre Schuhe abstreifen oder ... ausziehen. Ja."

Unglaublich!

„In jedem Fall sollten wir nichts anfassen, ohne Handschuhe, leider habe ich keine dabei ..."

Bestens vorbereitet. Liv seufzte innerlich und trat in den Ladenbereich und hinter die Theke. Die kleine Bloom hatte beim Befüllen der Teebeutel stets Handschuhe getragen, es mussten irgendwo welche rumliegen. Liv trug wie immer bei nasskaltem Wetter ihre Spitzenhandschühchen und konnte daher bequem alles anfassen. Dankenswerterweise wurde sie in der ersten Schublade fündig und reichte sowohl dem Detective als auch Maggie jeweils ein Paar.

„Ah, vortrefflich, vielen Dank!" Der Detective Chief Inspector schenkte ihr dieses halbschiefe Lächeln.

Er spielte, seine Worte bereits missachtend, mit einem Deckel, mutmaßlich von einer Teekanne, und legte ihn nun beiseite, um sich die Handschuhe überzustreifen.

„Woher haben Sie den?", erkundigte sich Liv.

Er folgte ihrem Blick zum Deckel mit den roten und weißen Blümchen darauf.

„Oh, er lag an der Schwelle zum Nebenzimmer, ich glaube, es ist ihr Büro." Warum hatte er dann daran herumgefummelt? „In dem ich mich mal umsehen sollte", fügte er hinzu und winkte die beiden mit sich.

Die Handschuhe waren ihm zu klein, erfüllten ihren Zweck zum Glück trotzdem. Himmel, er machte sich auf der Stelle daran, alles wahllos anzutatschen!

„Sagen wir, es wäre doch kein Unfall, was meinen Sie: Hatte Lyla Bloom irgendwelche Feinde hier?"

Die Frage klang skeptisch und in diesem Punkt musste ihm Liv zustimmen. Feinde hatte sich dieses liebe Kind bestimmt nicht gemacht.

„Im Gegenteil, die Liste ihrer Fans war so lang wie die ihrer Verehrer, würde ich meinen."

Der Detective drehte sich fragend zu Liv um. „Verehrer?"

Dear! Ihm konnte unmöglich entgangen sein, dass sämtliche Kerle des Dorfes auf sie flogen?

„Sie war eine sehr attraktive Frau", sagte Maggie und übernahm es, ihn aufzuklären: „Die jungen Männer sind ihr in Scharen nachgegangen."

Der Detective runzelte daraufhin die Stirn. Zweifellos versuchte er, sich daran zu erinnern, ob er diese Beobachtung bestätigen konnte. Zu welchem Schluss er kam, verriet er nicht. Oh je.

„Also keine Feinde", murmelte er.

Wie es seine Art war, verlagerte er beim Überlegen sein Gewicht abwechselnd vom einen auf das andere Bein, was ihn noch komischer aussehen ließ. In einem Stummfilm wäre er der Renner. Leider war das keiner.

Er öffnete eine Schublade und entnahm ihr einen Stapel Papiere. „Keine Feinde ..."

„Eher nicht." Maggie bestätigte das mit einem Nicken. Sie dachte einen Moment nach und sah schließlich zu Liv hinüber. „Allerdings wissen wir nicht, wie ernst die Sache mit dem Bürgermeister war."

Livs Augen weiteten sich. Richtig. Vor einer Stunde hatte sie der Geschichte noch keine große Bedeutung beigemessen, aber da war Lyla auch noch quicklebendig gewesen.

„Francis Wolverton hat vorgehabt, ihr einen Besuch abzustatten. Was, wenn es ihm dabei nicht um ein Geschenk für seine Tochter gegangen ist, sondern darum, eine unerfreuliche Zeugin zum Schweigen zu bringen?" Liv ging beim Überlegen auf und ab. „Hinterm Haus befindet sich die Wohnungstür zu Lylas privaten Zimmern, über die man ebenfalls ins Geschäft gelangt."

Maggie nickte zwei Mal, hielt inne und schüttelte den Kopf. „Bei näherer Betrachtung trotzdem eher unrealistisch. Außerdem reichlich dämlich von ihm, bedenkt man, dass wir Zeuginnen sind, die bestätigen können, dass er nach Lyla gefragt hat, Minuten vor dem Mord.

Niemand würde unter solchen Umständen noch töten. Von der Unsinnigkeit des Motivs einmal abgesehen."

Zu ihrer Überraschung maß der Detective Chief Inspector dem Ganzen weit mehr Bedeutung bei, als sie angenommen hätten. „Ah, ja, das ist eine heiße Spur", murmelte er, „und ergibt Sinn ..."

„Wieso denn das?" Maggie blieb skeptisch.

„Sie hat ängstlich auf ihn reagiert, als sie ihn das letzte Mal gesehen hat. Ja, ich denke, sollte sich herausstellen, was ich noch nicht beschreien möchte, dass es kein Unfall war, werde ich dem Bürgermeister einen Besuch abstatten."

Nun, zwischen Angst und Misstrauen bestand aus Livs Sicht zwar ein Unterschied, aber den würde sie dem Detective vermutlich nicht erklären können. Er war außerdem schon wieder mit anderen Dingen beschäftigt.

„Es wäre sinnvoll, ich sähe mir mal diese Briefe und Unterlagen durch", redete er in seinen Bart, den Papierstapel in seiner Hand betrachtend. „Zu dumm, dass mein Büro immer noch überquillt mit all diesen Akten und Altlasten, das ergibt ein schlimmes Durcheinander."

Die erste kluge Schlussfolgerung an diesem Tag. Er würde unter Garantie ein Chaos in seinem Büro anrichten und alles miteinander vertauschen.

„Oh, wir haben ja ausreichend freie Zimmer im B&B." Auf Maggies Geistesgegenwart war Verlass. „Was halten Sie davon, wenn wir Ihnen eine Art Untersuchungszimmer für diesen Fall herrichten und Sie alle ihn betreffenden Unterlagen und Beweisstücke dort lagern? Das würde Überblick schaffen."

Ihr verschusselter Ermittler sah sie mit sich erhellenden Gesichtszügen an. „Das würden Sie tun? Gut. Ja, das ist eine sehr gute Idee, vielen herzlichen Dank, Mrs Maggie!“

Höflich wie immer. Er hielt den Stapel in der Hand, tappte dabei hin und her. Nachdem sich Maggie in den Stand einer halben Sekretärin ernannt hatte, nahm sie den Stapel sogleich an sich.

„Ah, ja, danke vielmals.“

Im Flur kündigten sich Geräusche an. Ihr Detective Chief Inspector seufzte erleichtert.

„Ah, der Forensiker!“ Und er eilte hinaus, um ihn zu begrüßen.

Liv und Maggie blieben zurück und schauten einander an. Sie waren sich einig, ohne ein einziges Wort wechseln zu müssen: Hier brauchte jemand dringend Hilfe.

Maggie schüttelte den Kopf. „Weißt du, ich denke, unter den gegebenen Umständen, können wir unser neues Unterhaltungsprogramm noch ein bisschen aufschieben.“

Denn wie es aussah, würden sie als frisch gebackene Kriminalassistentinnen – verdeckter Art, versteht sich – alle Hände voll zu tun haben.

„Das sehe ich ebenso. Den guten DCI Jameson können wir auf keinen Fall alleine ermitteln lassen!“

Part Zwei –

Your guess is as good as mine

Kapitel Vier

Mord. Er hatte es mit einem echten Mord zu tun. Hier in Snugford. Lyla Bloom war tot. Ermordet. Hier in Snugford. Jay Jameson räusperte sich, um die Dauerschleife seiner unproduktiven Gedanken zu unterbrechen.

Ja, das Gutachten des Arztes hatte ergeben, dass es sich in Lyla Blooms Fall eindeutig nicht um einen natürlichen Tod handelte. Definitiv wurde eine Gewalttat mit einem massiven, mutmaßlich spitz zulaufenden Gegenstand verübt, der mit großer Krafteinwirkung die Kopfwunde verursacht und den Tod herbeigeführt hatte. Es musste Totschlag gewesen sein, eventuell Mord!

Jetzt galt es, Ruhe zu bewahren. Was bedeutete, er musste sich von dem Gedanken verabschieden, dass er immer noch nicht fassen konnte, was geschehen war. Wo er nie im Leben damit gerechnet hätte, hier in diesem Örtchen könnte ein derart hässliches Verbrechen verübt werden. Ein Handtaschendiebstahl vielleicht, das ja. Oder eine nicht bezahlte Parkgebühr, wobei es dafür eine Erhebung von Parkgebühren geben müsste. Da ausreichend Abstellplätze für Pkws vorhanden waren, bestand dazu kein Anlass …

Er räusperte sich erneut, konzentrierte sich auf den Fall. Vor ihm auf dem Schreibtisch lag ein unbeschriftetes Blatt Papier. Das hieß, so gut wie unbeschriftet, zumindest die Headline war bereits vorhanden:

Fakten.

Schön und gut, was waren seine Fakten?

Lyla Bloom war tot.

Sie wurde mit einem Gegenstand unbekannter Art am Kopf verletzt, will heißen: erschlagen.

Dieser Gegenstand, will heißen: Die Mordwaffe war verschwunden.

Es gab keine Zeugen, die eine Auseinandersetzung oder dergleichen miterlebt hatten. Die lieben Mrs Maggie und Mrs Liv hatten sich zwar im Außenbereich des Teeladens befunden, aber nichts gehört oder gesehen. Sie mochten um die Sechzig sein, dennoch unterstellte er ihren Ohren Tadellosigkeit und ihren Augen größtmögliches Sehvermögen. Ihnen wäre bestimmt nicht entgangen, hätte sich jemand durch die Fronttür ins Haus begeben. Was annehmen ließ, dass sich der Täter durch die Hinter- beziehungsweise private Wohnungstür entweder Zutritt verschafft oder schlicht geklingelt haben musste. Die Tür war unversehrt, also kein Einbruch ...

Es sei denn, die Tür wäre offen gewesen. Dann hätte er sich hineinstehlen können, auf leisen Sohlen, den Kerzenleuchter zu seiner Linken schnappen oder gar die Kurbel für die Markise zu seiner Rechten, damit ausholen und Lyla erschlagen – und das arme, fröhliche Mädchen wäre in sich zusammengesunken und binnen weniger Sekunden gestorben. Wieso wäre? Sie war gestorben. Nur die Sache mit dem Kerzenleuchter und der Kurbel war Quatsch, beides hatte sich ja noch an Ort und Stelle befunden. Wenn Jay etwas zur Kenntnis nahm, nahm er es auch zur Kenntnis, unwiderruflich. Und er hatte sich den gesamten Tatort eingeprägt. Lylas Flur war ein Sammelsurium willkommener Mordwaffen, aber keine davon fehlte – wobei sich das nicht mit Bestimmtheit sagen ließ. Würde sie fehlen, konnte er schließlich nicht wissen, dass sie vorher da gewesen war.

Ergab das alles Sinn? Er seufzte, rieb sich über die heißgelaufene Stirn. Eine Tatwaffe in Lylas Haus würde zumindest auf einen Mord im Affekt oder Totschlag hinweisen. Anders bei einem geplanten Mord, da hätte der Täter die Waffe mitgebracht und im Anschluss bei sich versteckt oder verschwinden lassen. Oder einem anderen untergeschoben. Die Möglichkeiten waren vielfältig.

Er erinnerte sich noch sehr gut daran, dass der Feld-Wald-Wiesen-Mörder, der rund um Leeds sein Unwesen getrieben hatte, einst die Mordwaffe aus dem Haus vom Bäcker mitgehen lassen hatte – es war eine Blech-Winkelplatte gewesen, ein riesiges Ding und sehr massiv. Jedenfalls hatte er sie, nach erfolgreichem Einsatz bei drei Morden an jungen Mädchen, im Haus des Mathematiklehrers versteckt. Womit eine doppelt falsche Fährte gelegt worden war, eine perfide Vorgehensweise, die Jay allein deshalb durchschaute, weil er eben ab und an im Haus des Bäckers zu Besuch gewesen war und bei einem neuerlichen feststellte, dass sie fehlte. Wie gesagt, was er einmal wirklich bemerkt hatte, blieb ihm im Gedächtnis und diese Winkelplatte war sehr einprägsam gewesen. Jay war damals Kriminalassistent gewesen und hatte wesentlich dazu beigetragen, dass …

Er räusperte sich. Es half nichts, über abgeschlossene Fälle nachzudenken, die mit dem aktuellen nicht das Geringste zu tun hatten. Sein Vermögen, sich Dinge einzuprägen, half ihm hier und jetzt auch nicht weiter, denn er war nie zuvor in Lyla Blooms Flur gewesen.

Zurück zu den Fakten.

Wer hätte ein Motiv gehabt?

Niemand. Alle liebten Lyla Bloom und ihren Tee.

Mit dieser Erkenntnis erhob er sich. Bislang war ihm das Motiv des Bürgermeisters schwach vorgekommen, trotzdem war es seine heißeste Spur.

***

Francis Wolverton saß ihm gegenüber, sein tadellos gepflegter Schnauzer verlief parallel zu seiner tadellos sitzenden Fliege, die Jay zwar unnötig schick, allein aus mathematischer Ästhetik heraus wieder angemessen fand.

„Sie wollen also andeuten, ich könnte etwas mit dem Mord an Lyla Bloom zu tun haben?"

Das wollte Jay mitnichten andeuten. Er hatte es ziemlich klar in den Raum gestellt. Von Andeutung keine Spur. Aber der Bürgermeister war ein Floskeldrescher und Andeutungen klangen besser als Beschuldigungen. Sie schienen ihn auch nicht zu beunruhigen. Was fast schon für ihn als Täter sprach. So abgebrüht würde sich ein Unschuldiger nicht verhalten. Jay strich sich die Haare hinters Ohr.

„Ich deute niemals an, ich stelle fest. Und zwar, dass Sie unmittelbar vor der Tat versucht waren, Lyla Bloom zu besuchen, woran Sie von Mrs Maggie gehindert worden sind, und im Anschluss um das Haus herumgingen – das bestätigen meine beiden Zeuginnen –, womöglich in der Absicht, es von seiner Rückseite zu betreten und Lyla Bloom zur Rede zu stellen. Es kam zum Streit und Sie haben sie erschlagen.“

Der Bürgermeister blickte ihn immer noch vollkommen ruhig an. „Interessante Theorie. Sie hat nur geringfügige Schwächen, Inspector ...“

„Detective Chief Inspector“, verbesserte Jay höflich. Er fand es im Falle dieses Schnösels ausnahmsweise angemessen, auf seine korrekte Betitelung zu bestehen.

Der Bürgermeister nickte bedächtig. „Gewiss, Detective Chief Inspector. Nun, Ihre Theorie in allen Ehren, aber ich habe noch nicht begriffen, weshalb ich so etwas tun sollte. Es gab keinen Anlass für einen Streit und damit auch keinen zum Mord.“

„Gab es den wirklich nicht?“ Jay musterte ihn mit seinen freundlichen Augen, beobachtete jede Regung im Gesicht seines Gegenübers. Dieser blieb aalglatt. „Sie hat nicht zufällig ein Gespräch zwischen Ihnen und Ihrem Makler mitangehört und ist dadurch eine unerfreuliche Zeugin geworden?“

Ha. Jetzt hatte er ihn. Die Gesichtsfarbe des Bürgermeisters veränderte sich, das Rosige wich langsam aus seinen Wangen.

„Wovon sprechen Sie?“ Sein Lächeln verrutschte, er bemühte sich zu sehr um Fassung.

Ja. Jay hatte ihn. Das „Woher wissen Sie davon?" in den Augen Francis Wolvertons sprang ihm beinahe ins Gesicht.

„Es würde sich strafmindernd auswirken, wenn Sie mir das erläutern."

„Strafmindernd?" Der Bürgermeister hustete. „Bin ich etwa verhaftet?"

Eigentlich würde er das liebend gerne veranlassen, er mochte diesen Kerl nicht. Da er keine Beweise vorzuweisen hatte, wäre das allerdings eine überstürzte Handlung. Doch er würde sie schon noch erbringen.

„Noch nicht. Nichtsdestoweniger wäre ich Ihnen sehr verbunden, würden Sie mir Ihre Wohnung zeigen. Nur für den Fall, dass darin Gegenstände auftauchen, die nicht dorthin gehören."

Jetzt kehrte die Farbe zurück auf die Wangen des Bürgermeisters. Zornesrot.

„Sie haben Nerven, Inspector, pardon, Detective Chief Inspector!" Er verschluckte sich, hustete einmal und mäßigte sich. „Tun Sie, was Sie nicht lassen können, aber Sie machen einen gewaltigen Fehler und sich selbst gerade keine Freunde!"

Die hatte man selten, sobald ein Verbrechen begangen worden war.

„Ich verfolge lediglich Spuren", erklärte er und erhob sich. „Ich muss Sie außerdem bitten, Snugford im Augenblick nicht zu verlassen."

Der Bürgermeister sah ihn tonlos an. „Wieso sollte ich das wollen?"

Jay runzelte die Stirn. Eindeutig, an dem Kerl war etwas faul.

***

Stunden später musste sich Jay leidvoll eingestehen, dass jenes, was auch immer am Bürgermeister faul war, nicht stark genug roch ... Jedenfalls hatte seine Wohnungsdurchsuchung nichts ergeben. Keine massiven Gegenstände, die der Vintage-Einrichtung Lyla Blooms entsprochen hätten und im Bestfall Blutspuren aufwiesen. Weder unterm Bett versteckte Bündel mit einer mitgebrachten Waffe noch sonstige Hinweise, die die relativ weiße Weste des Bürgermeisters beschmutzt hätten. Er besaß eine Musterfamilie aus zwei siebzehnjährigen Zwillingstöchtern, einem normalpubertären Sohn, einem fünfjährigen Wirbelwind mit Namen Lili und einer sympathischen Ehefrau, die sich während der Durchsuchung unbekümmert und freundlich gab, als wäre Jay nur mal eben vorbeigekommen, um nach dem Rechten zu sehen. Sie servierte ihm sogar eine Tasse von Lyla Blooms Tee. „Wenn es nicht zu pietätlos ist?"

Wieso sollte es? Man würdigte damit ihr Andenken. Jay blieb nichts weiter, als ihr dieselbe Liebenswürdigkeit zu erweisen und sich zu verabschieden. Erst auf dem Weg nach Hause wurde ihm bewusst, dass es gerade die Tadellosigkeit des Haushalts war, die ihn stutzig machen sollte. *Was List verborgen, wird ans Licht gebracht. Wer Fehler schminkt, wird einst mit Spott verlacht.*

Oh ja, er würde sich nicht so leicht täuschen und den Bürgermeister nicht aus den Augen lassen ...

Im B&B erwarteten ihn die beiden umtriebigen Ladys, die es zustande gebracht hatten, innerhalb eines einzigen Nachmittags einen der Gästeräume von einem

Schlafzimmer in ein Büro umzugestalten. Am Fenster stand ein Schreibtisch, auf dem sich bereits geordnete Papierstapel befanden, ein weiterer Tisch diente der Lagerung von Beweismitteln, die sie noch nicht gefunden hatten, und sogar an ein Beistelltischchen mit einer alten Schreibmaschine hatten sie gedacht. Ein Laptop wäre wahrscheinlich sinnvoller gewesen, aber Jay war zu gerührt von der Geste, dass er darüber schwieg.

„Wir haben auch noch einen Stuhl mit Armlehnen, falls Sie einen mutmaßlichen Täter hier verhören und fixieren müssen." Mrs Liv kicherte und ließ offen, ob sie scherzte oder wahr sprach.

„Meine Damen, Sie sind wandelnde Wunder, das haben Sie großartig hergerichtet", erwiderte Jay.

Sie gaben sich bescheiden geschmeichelt.

„Im Übrigen haben wir uns die Freiheit genommen, diesen Blätterwuscht aus der Schublade des Opfers durchzusehen." Mrs Maggie deutete mit dem Finger darauf und sah nicht im Entferntesten aus, als sei ihr nach Feierabend. Ihre Augen blitzten.

„Ach, richtig." Jay unterdrückte ein Gähnen. Seine Müdigkeit musste er wohl noch etwas aufschieben. „Wie konnte ich die vergessen."

„Das kann jedem mal passieren, Sie hatten genug zu tun." Mrs Maggie winkte ab. „Jedenfalls haben wir dabei eine überaus spannende Spur gefunden. Sehen Sie!"

Sie reichte ihm einen Stapel aus etwa einem Dutzend Blättern, die alle ähnlich aussahen. Jays Augen weiteten sich. Das war in der Tat eine völlig neue Fährte! Von wegen, Lyla Bloom hatte keine Feinde besessen. Offensichtlich gab es zumindest eine Person in Snugford, die Lyla und ihren Tee nicht leiden konnte. Was Jay in

Händen hielt, war eine stattliche Ansammlung von Drohbriefen, in denen sie dazu aufgefordert wurde, sich den Gebräuchen des Dorfes anzupassen, das wilde Teegepansche zu unterlassen und auf ihre Zimtträumchen zu verzichten, wolle sie sich keine Feinde machen.

Etwas an diesem Satz machte ihn stutzig, er kam bloß nicht drauf, was …

„Wir haben es mit einem typischen Klischeedrohbriefschreiber zu tun." Mrs Liv wirkte belustigt. „Sehr theatralisch und oldfashioned, sie mithilfe von Zeitungsschnipseln zu verfassen. Wer dahinter steckt, hat offensichtlich viel Zeit."

Womit sie nicht unrecht hatte. Ein digitaler Ausdruck hätte es auch getan, um die eigene Handschrift zu verschleiern. Stattdessen hatte sich dieser Mensch die Mühe gemacht, jeden einzelnen Buchstaben auszuschneiden und aufzukleben. In Jays Kopf wirbelten die Gedanken umher und vermengten sich mit den Bildern des heutigen Tages. Der Bürgermeister hatte einen gut bestückten Zeitungsständer in seinem Wohnzimmer gehabt, das war Jay nicht entgangen, und die Altpapiertonne auf der Straße quoll nur so über. Ein schwacher Beweis, doch je länger sein Gedankensturm andauerte, desto klarer formte sich vor seinen Augen das Bild des Bürgermeisters.

Sie machen einen gewaltigen Fehler und sich selbst gerade keine Freunde! Das waren die Worte Francis Wolvertons gewesen. Jays Blick fand den Textausschnitt, der ihm schon zuvor ins Auge gestochen war. „Wenn Sie sich keine Feinde machen wollen!" Ein Antitheton, zwei entgegengesetzte Formulierungen mit derselben

Bedeutung und womöglich aus dem Mund desselben Mannes.

„Sagen Sie", er wandte sich an die beiden Damen, „wie steht der Bürgermeister zum Tee Lyla Blooms? Mag er ihn?"

Mrs Maggie runzelte die Stirn. „Wieso der Bürgermeister?"

„Na, weil er unser Hauptverdächtiger ist. Sie haben mich auf seine Spur gebracht."

Mrs Maggie zögerte sekundenlang. Hatte sie das vergessen? Schließlich antwortete sie: „Ja sicher, das war allerdings lediglich eine Information, die wir nicht unter den Tisch kehren wollten, nicht wirklich stichfest."

„Inzwischen deutet einiges auf ihn hin." Jay war überzeugt davon: Das Motiv, die Zeitungen, die Redefigur …

„Ich weiß nicht." Mrs Maggie hatte noch Zweifel. „Ich denke nicht, dass er verdächtig ist. Außerdem hat er den Tee protegiert und damals ja extra dieses Eröffnungsfest organisiert."

„Damals standen die Dinge womöglich noch anders", mutmaßte Jay, der Wirbelsturm an Gedanken nahm wieder zu. „Sein Interesse am Tee könnte vorgetäuscht sein …" Ja, eindeutig, jetzt hatte er etwas gegen ihn in der Hand. „Ich muss noch einmal los, meine Damen. Eine kleine Untersuchung anstellen." Und zwar in den Altpapiertonnen der Wolvertons …

***

Maggie starrte ihm hinterher. Entweder er hielt diesen Fall für eines seiner Theaterstücke oder eins und eins war bei ihm fünf. So viele Fehlschlüsse, wie er zog.

Dabei hatten sie ihm noch nicht einmal von allem erzählt, was sie in der Schublade gefunden hatten. Zu den Drohbriefen kamen die blumigen Liebesbotschaften von Verehrern. Vielleicht war es besser, dass er von denen nichts wusste. Ehe er sich vor dem Bürgermeister noch mehr blamierte und ihn vom heimlichen Vertuscher zum heißblütigen Liebhaber umdichtete.

Die meisten dieser Romantiker hatten ihre Post anonym abgegeben oder sie persönlich überreicht und deshalb auf eine Unterschrift verzichtet. Alec Swan hingegen hatte stets mit besonders schmalzigen Schwüngen seine Briefe unterzeichnet.

„Ich sterbe, wenn du mich nicht erhörst!", prangte Maggie entgegen. Gut, da stand nicht „Du stirbst, wenn du mich nicht erhörst", und sie war weit entfernt davon, so vorschnelle Schlüsse wie der Inspector zu ziehen. Dennoch würde sie solch fanatische Liebende im Auge behalten. Was sie sich für die Trauerfeier fest vornahm.

***

Jene fand am Wochenende statt und kam Maggie wie das düsterste Ereignis in Jahren vor. Der gesamte Tag war in diese Lichtstimmung getaucht, nicht wirklich hell und ebenso wenig dunkel. Es regnete nicht, von der Sonne gleichfalls keine Spur. Weder Wind noch Wolken waren zu sehen, nichts als einfarbige Tristesse. Der Trauerzug war schwarz und still, alle erschüttert, weil die viel zu junge Teeladenbesitzerin nicht länger unter ihnen weilte.

Das allein wäre schon Anlass genug zur Trauer und Verstörung gewesen. Maggie las in den Blicken jedoch noch etwas anderes. Etwas, das das Dorf nie zuvor gekannt hatte: Vorsicht. Misstrauen. Unsicherheit. Die Leute sahen einander anders in die Augen oder wandten sie rasch ab. Als fürchtete man, der Mörder könnte zurückstarren.

Maggie für ihren Teil ließ sich davon nicht beirren. Sollte er sie bitte schön ansehen. Sie hatte keine Angst. Im Grunde würde sie es begrüßen, er würde sich irgendwie verraten. Jedenfalls sah sie die Leute genauso eingehend an wie immer. Im Großen und Ganzen gab es leider nichts zu entdecken. Außer Trauer, Entsetzen und Verunsicherung.

Sogar Father Custom wirkte neben der Spur, wenn er sich auch Mühe gab, die Messe in gewohnter Routine abzuhalten. Was schwer war, angesichts der Tatsache, dass es seine erste Beerdigung eines Mordopfers sein dürfte. Peter Coleman, sein Messdiener seit eh und je, war an diesem Tag mehr wie eine Erinnerungsstütze, denn Altardiener und Weihrauchträger.

Maggie ließ die Augen über die Trauernden schweifen und fand Alec Swan, der in der vorletzten Reihe saß und ein paar effektvolle Tränen hervorpresste. Na, das war ungerecht, wahrscheinlich waren sie wahrhaftig und seine Schwärmereien ebenso. Das Opfer war hübsch und liebenswert gewesen, und auf sie zu stehen, war nachvollziehbar. Bedachte man, dass dies der erste Mordfall in Snugfords Geschichte darstellte, musste der Schock noch tiefer sitzen.

Seine Leidensgenossen wirkten gefasster. Maggie hatte fast den Eindruck, sie könnte anhand ihres Verhaltens ihre Liebesbotschaften zuordnen.

Rowan Flemming mit seinen vom Raufen schwieligen Händen war eher der pragmatische Typ, auf den die kurze Message passte, wo und wann ein Treffen möglich sei.

Während sein Sitznachbar Joshua Smith diese Sanftmut in sich trug, die die heutige Jugend abwertend als „schwuchtelig" bezeichnete. Ein Attribut, das er losgeworden war, nachdem ihm beim Anblick der Teeladenbesitzerin fast die Augen ausgefallen waren. Ihm ordnete Maggie die blumigen Liebesbotschaften zu.

Neil Miller war ein Blender und Schwafler, ihn hatte Maggie schon beim erstmaligen Lesen seiner Nachricht enttarnt. Keiner außer ihm würde seine Verehrung bekunden, indem er ständig über sich selbst schwadronierte.

Neben ihm saß Pinkey, der Komiker, der niemanden so sehr liebte wie seine Kleinkunst und deshalb als trauernder Verehrer ausschied.

Tja. Maggie wandte die Augen von den Männern ab und schürzte die Lippen. So viel zu den Anbetern. Für die Drohbriefe schieden sie allesamt aus und ein Mord aus Eifersucht erschien ihr unsinnig. Immerhin waren sie alle gleichermaßen unerhört geblieben. Im Grunde konnte sie die Kerle zu den Akten legen.

Neben ihr rutschte DCI Jay Jameson auf der Bank hin und her. Er machte den Eindruck, als hörte er Father Customs Worten so interessiert zu wie Maggie. Seine Augen waren auf den Rücken des Bürgermeisters gerichtet. Francis Wolverton gab sich wie immer. Allenfalls war sein Gruß dem Detective Chief Inspector gegenüber etwas knapper geworden. Den dieser in derselben Manier erwidert hatte. Das heimliche Durchwühlen seiner Papiertonne hatte DCI Jameson nicht weitergebracht, wie er bei seiner abendlichen Rückkehr ins B&B eingeräumt hatte. Keine Zeitungsschnipsel, bloß jede Menge sorgfältig getrenntes Altpapier, dem das einzige Verbrechen entnommen werden konnte, dass einige der gemalten Kunstwerke der jüngsten Tochter nicht eingerahmt und aufbehalten worden waren, sondern heimlich still und leise dem Müll zugeführt.

Aus den Augenwinkeln bemerkte Maggie Finley Odell, der aufgestanden war und sich mit einem flüchtigen Blick über die Schultern zum Seitenausgang stahl. Maggie richtete sich auf, ihr Blick traf seinen und keiner von beiden wandte ihn ab. Ihr Herzschlag beschleunigte sich aus unerfindlichen Gründen. Finley fuhr sich mit der Hand durchs Haar, wandte sich um und verschwand mit beschleunigtem Schritt durch die Tür. Maggie starrte ihm hinterher. Wohin wollte er? Kurz vor Ende des Gottesdienstes? Hatte sein Blickaustausch mit Maggie ihn nervös gemacht? Am liebsten wäre sie ebenfalls aufgestanden und ihm gefolgt. Dann schalt sie sich, arg paranoid zu sein. Mutmaßlich ging er einfach aufs Klo.

Father Customs Worte klangen aus, John Newtons Amazing Grace wurde angestimmt und im Anschluss folgte der Trauerzug Father Custom und den Angehörigen zum Grab. Wobei die Pluralform nicht stimmte. Es war lediglich ein Familienmitglied zugegen. Eine

Schwester oder Cousine. Sie weinte nicht, ihre Augen waren starr auf den Sarg gerichtet, die Handknöchel stachen weiß aus ihren geballten Fäusten hervor. Das war der Moment, in dem Maggie an den Tod ihres Alberts erinnert wurde, und mit der Erinnerung zerbrach die Kühle in ihr. Sie schlug die Hand vor den Mund und unterdrückte ein aufwallendes Schluchzen. Diese junge Frau, die am Grab des Mordopfers stand und sich um Fassung bemühte, sollte nicht dort stehen müssen, sollte den Schmerz so früh im Leben nicht ertragen müssen.

Hör auf, vom Mordopfer zu sprechen. Sie hatte einen Namen. Lyla Bloom. Die giftige Stimme in ihrem Kopf ließ Maggie zusammenzucken. Ihre Augen wurden feucht. Ja. Sie hatte einen Namen. Aber manchmal war es simpler, die Dinge nicht bei diesem Namen zu nennen, wenn sie einem das Herz schwer machten. Und Maggie sprach die Dinge immer aus, sobald sie ihr in den Sinn kamen. Mit wenigen Ausnahmen. Ein Mord an einer unschuldigen Person gehörte dazu.

***

Livs Gefühlswelt fuhr Achterbahn – mal schwitzte sie, mal fröstelte ihr, mal weinte sie, mal lachte sie. So viel dazu, dass sie keine High-School-Absolventin mehr war. Der Tod von Lyla Bloom, präzise ihre Ermordung, belastete Liv mehr, als sie zugeben wollte, weshalb sie das Gefühl hatte, sich ständig ablenken zu müssen. Gleichzeitig war sie geradezu vernarrt in den Gedanken, den Täter zu überführen und den DCI zu unterstützen.

Er wirkte reichlich überfordert. Wie auch nicht? Eine furchtbare Tragödie hatte sich ereignet. Für jemanden wie Jay Jameson, dem der Kopf vor zu vielen ungeordneten Gedanken schwirrte und Emotionen deshalb eine zusätzliche Belastung darstellten, musste es noch schwieriger als bei normaldenkenden Menschen sein, so etwas zu verarbeiten. Es fiel ja schon ihr schwer.

Was geschehen war, erschien ihr so unfassbar sinnlos und ungerecht, es machte sie wütend. Welcher barbarische Mensch war zu so einer Tat fähig? Und warum? Das wollte ihr wirklich nicht in den Kopf. Lyla Bloom war jung, schön und unschuldig gewesen! Wer sollte sie umbringen wollen? Ein Verbrechen aus Leidenschaft? Aus Rache? Ein Unfall? Nichts ergab Sinn. Aber sie mussten herausfinden, wer dafür verantwortlich war. Lyla zuliebe.

Allerdings befand sich Liv bezüglich der Dringlichkeit in einem inneren Konflikt, denn noch etwas anderes wühlte ihr Herz auf. Jemand. Ein Jemand, dessen Lippen sich gerade hauchzart und verführerisch gegen ihre schmiegten, und sie war willenlos, es zu unterbinden. Trotz der Tatsache, dass sie sich auf einer Trauerfeier befanden. Der Gemeindesaal war proppenvoll, das Stimmengewirr hatte sie wahnsinnig gemacht und ihre Verschnaufpause hinterm Haus keinen anderen Grund gekannt, als kurz für sich allein zu sein. Wie schnell sich solche Gedanken in Luft auflösten.

William besaß eine Art, die sie an Männern nicht kannte. Er fragte selten nach ihren Bedürfnissen. Er erkannte und erfüllte sie einfach. Noch ehe sie sich ihrer bewusst geworden wäre. War sie zu alt für Schmetterlinge im Bauch? War dieser Ort und Zeitpunkt unangemessen? Völlig egal, in dem Moment, in dem er zu ihr hinausgetreten war, sie angesehen hatte, mitfühlend, verständnisvoll und wunderbar, war es um sie geschehen gewesen. Sein Kuss brachte sämtliche Sorgen zum Verstummen. Ihr Herz flatterte und ihr Blut raste durch ihren Körper. Sie schmiegte sich gegen seinen muskulösen Körper und genoss es, von ihm umschlungen zu werden. Sie brauchte diese Nähe, diesen Halt. Dennoch war sie es, die sich als Erste aus der Umarmung löste. Er blickte sie mit hochgezogenen Brauen an.

„War ich zu schnell?“

Sie schüttelte den Kopf und zeichnete mit dem Finger seine Wangenknochen nach. Er war ein Halbgott und sah aus wie Achilles, wäre es diesem vergönnt gewesen, so alt zu werden.

„Ich denke nur …“ Was dachte sie? Dass er verflucht schöne Augen hatte, in allen Schattierungen des Meeres.

„Dass dies nicht der geeignete Zeitpunkt für unsere Gefühle ist?“

Er hatte es erfasst. Sie nickte.

„Dann werde ich dir heute besser nicht meine Liebe gestehen. Passt es dir morgen um dieselbe Zeit?“

Sie verdrehte die Augen und lachte. „Du bist unmöglich.“

„Ja, das stimmt. Ich bitte um Verzeihung. Sollen wir wieder reingehen, ehe ich auf dumme Gedanken komme?“

Nichts läge ihr ferner. Aber der Gedanke an Lyla Bloom, die gerade erst zwei Stunden und wenige Meter von ihnen entfernt unter der Erde lag, siegte über ihr Verlangen. Sie ließ ihre Hand in seine gleiten und zog ihn zurück zum Eingang. Als sie um die Ecke biegen wollte, drangen zwei erregte Stimmen an ihr Ohr und sie hielt inne.

„... geht dich überhaupt nichts an, wie ich mein Leben führe.“

Es musste ein sehr junger Mann sein, der sprach, doch konnte Liv seinen Tonfall niemandem zuordnen. Den seines Gegenübers allerdings so eindeutig, dass sie sich nicht länger fragen musste, um wen es sich bei den Streitenden handelte.

„Es geht mich sehr wohl etwas an, vor allem, wenn ich fürchten muss, mein Sohn befände sich in Schwierigkeiten.“ Mit Francis Wolvertons Gemütsruhe war es vorbei.

„Welche Schwierigkeiten? Es geht uns gut, wovon redest du eigentlich?“

„Davon, dass deine Freundin blutjung und arbeitslos ist, und jetzt trägt sie dein Kind in sich und ihr lebt in diesem Schuhkarton. Schlimm genug, dass sich die Leute hier das Maul zerreißen, dass du eine halbe Minderjährige geschwängert hast ...“

„Sie ist achtzehn und nicht arbeitslos, sondern im Beschäftigungsverbot, ich bitte dich!“, fuhr sein Sohn dazwischen. „Wir sind seit fünf Jahren zusammen. Daran ist nichts Verwerfliches, Herrgott noch mal!“

Ein Schnauben war die Antwort. „Nimm nicht den Namen des Herrn in den Mund. Außerdem ändert die Länge euerer Beziehung rein gar nichts an eurem Alter. Die Leute hier ...“

„Die Leute hier sind mir scheißegal. Hast du nicht außerdem behauptet, sie seien so tolerant?"

„Sind sie auch", erwiderte Francis Wolverton mit einem Anflug von Stolz in der Stimme. Als wäre es sein Verdienst.

Liv tauschte einen Blick mit William und grinste, ehe sie sich wieder auf das Gespräch konzentrierte.

„Trotzdem reden sie. Wie jedermann. Davon abgesehen wäre deiner Mutter und mir wohler gewesen, ihr würdet in der Nähe wohnen. Dann könnte man euch wenigstens unter die Arme greifen."

Der Bürgermeistersohn stöhnte. „Genau aus dem Grund bleiben wir ja weg. Wir wollen keine Hilfe, wir schaffen das allein. Nebenbei bemerkt wohnen wir nicht mehr lange in diesem Schuhkarton. Mimi hat eine nette Dreizimmerwohnung mit Blick auf den See gefunden. Wir ziehen nächsten Monat ein."

Auf diese Ankündigung hin trat einen Atemzug lang Stille ein.

„Wäre nett gewesen, das mal zu erfahren." Francis Wolverton gab ein Brummen von sich. „Hätte mir einiges erspart."

„Wie meinst du das?"

„Ach", der Bürgermeister seufzte, „ich habe in Bezug auf meine Bemühungen, dich hier unterzubringen, eine unbedachte Bemerkung fallen lassen."

Liv hielt den Atem an und linste um die Ecke, um einen Blick auf die beiden zu erhaschen. Francis Wolverton kratzte sich am Hinterkopf, als er fortfuhr.

„Jetzt hängt mir dieser Dorfpolizist im Nacken. Nennt sich Detective Chief Inspector. Der muss was gegen mich haben, sonst wäre er nicht so penetrant damit beschäftigt, mir den Mord an der Kleinen anzuhängen.“

Die Augen seines Sohnes weiteten sich. „Du wirst des Mordes verdächtigt? Ich würde sagen, deine eigenen Schwierigkeiten wiegen schwerer als meine!“

„Blödsinn.“ Der Bürgermeister winkte ab. „Vollkommen haltlos, seine Vorwürfe. Der hat was gegen mich. Anders kann ich es mir nicht erklären. Hat ein Problem mit Obrigkeiten. Deshalb arbeitet er wahrscheinlich allein. Ich kann nicht mal die Spinnen zertrampeln, vor denen deine Schwester Panik schiebt, wie soll ich da eine Frau erschlagen? Der Kerl tickt nicht richtig.“ Er seufzte. „Denk nicht darüber nach, das findet sich schon. Na, komm. Gehen wir rein. Erzähl mir von dieser Wohnung am See.“

Die Tür des Gemeindehauses fiel ins Schloss. Liv lehnte sich gegen die kühle Wand zurück. Wie es aussah, war es kein so schlechter Zeitpunkt für ihre Gefühle gewesen, andernfalls hätte sie dieses Geständnis nicht mitbekommen. Armer Jay Jameson. Er war so überzeugt von seiner heißen Spur gewesen. Sie sollte ihn schnellstmöglich von den neuesten Entwicklungen in Kenntnis setzen.

Sie trennte sich von William, der sich einen Tee beim Büffet besorgen wollte, und fand ihren Detective Chief Inspector im Gespräch mit Lyla Blooms Schwester. Zoey. Die einzige lebende Verwandte. Laut Maggie war er, seit sie das Gemeindehaus betreten hatten, nicht mehr von ihrer Seite gewichen.

„Er nimmt an, wenn er sie den ganzen Tag befragt, hat er den Fall am Ende gelöst.“

Das wagte Liv zu bezweifeln. Es war unverkennbar, dass ihr Detective noch aus einem anderen Grund das Gespräch mit Zoey Bloom suchte. Sie zog Maggie mit sich und beschloss, dass es an der Zeit für ein Bekanntmachen mit den Kriminalassistentinnen war.

Zoey Bloom stellte sich als ebenso liebenswert wie ihre Schwester heraus, wirkte allerdings selbstbewusster. Sie setzte ihre Stimme eine Tonlage tiefer an und sprach lauter, was immer noch angenehm klang, bloß ohne die Sanftheit, die Lyla besessen hatte. Wie ein verklärter Hauch.

Liv schluckte, riss sich zusammen und berief sich auf ihr Metier: spielend Unterhaltungen zu führen. Sie kannte sich damit aus, wie lange man sich mit Beileidsbekundungen, Floskeln über die Verstorbene, oder gegenwärtig der Lösung des Mordfalls, beschäftigte, ehe man elegant das Thema wechselte. Sie sah in Maggies Augen, dass diese gerne noch etwas gebohrt hätte, aber so etwas musste sich entwickeln. Das hier war nicht irgendeine Verdächtige. Mit ihr musste sensibler umgegangen werden. Erst recht, da sie sich auf einer Trauerfeier befanden und sich Zoey Bloom darum bemühte, keine Träne zu weinen. Unheimlich tapfer.

„Leben Sie in der Nähe, Miss Bloom, oder haben Sie eine weite Anreise hinter sich?"

Zoey Bloom schüttelte den Kopf. „Nicht besonders weit. Neunzig Minuten mit dem Auto. Ich lebe in Kendal."

„Oh, eine wundervolle Stadt." Liv war ab und an dort gewesen und mochte die ruhige Lage direkt am Fluss Kent.

„In der Tat. Unser Haus liegt in der Nähe von Kendal Castle, in dem Catherine Parr geboren wurde. Wir waren dort immer sehr glücklich. Ich war überrascht, als Lyla beschloss, hier her zu kommen, um Tante Margarets Teeladen zu übernehmen.“

Sie seufzte, blies sich eine ihrer Locken aus dem Gesicht. Sie waren nicht so lang und rot wie die ihrer Schwester, glichen eher sanften, kastanienfarbenen Wellen und endeten zwischen Kinn und Schultern. Sie betonten ihren schlanken Hals. Etwas, das auch Jay Jameson aufgefallen war. Seine Augen hingen verklärt an der erzitternden Haarsträhne. Liv unterdrückte ein Grinsen.

„Sie standen sich sehr nah?“

Eine Feststellung, als Frage formuliert, die Miss Bloom bejahte. „Wir hatten nur einander. Unser Vater hat sich nach Lylas Geburt aus dem Staub gemacht und unsere Mutter starb, als wir gerade beide volljährig waren. Das schweißt zusammen. Ich bereue, dass ich im letzten Monat nicht die Zeit gefunden habe, sie zu besuchen. Vor allem nach dem, was sie mir erzählt hat. Ich war die Einzige, mit der sie reden konnte. Andere Verwandte außer Tante Margaret gab es nicht und unsere Ambitionen, nach unserem Vater zu suchen, waren nie vorhanden. Wer einmal verlassen wird, erträgt keine zweite Kränkung mehr, nehme ich an.“

Jay Jameson gelang das Kunststück, gleichzeitig mitfühlend und vergeistigt zu nicken. Maggie regte sich, doch ehe sie etwas sagen konnte, räusperte sich Zoey Bloom und fixierte den örtlichen Ermittler mit ihren walnussbraunen Augen.

„Sie erwähnten, dass Sie bereits einen Verdächtigen haben?"

Jay Jameson blinzelte, erwachte verspätet aus seinen Tagträumen. Etwas, das sich Liv zunutze machte, um ihn davor zu bewahren, ins Fettnäpfchen zu treten.

„Hatte er, ja. Leider hat sich die Spur als kalt erwiesen." Sie stellte es mit Nachdruck klar und nahm dies als Gelegenheit, das Gespräch zwischen dem Bürgermeister und dessen Sohn kurz und knapp wiederzugeben. Jay Jameson nickte und trug es mit Fassung.

„Nun, ja, na ja, ich habe ohnehin meine Zweifel gehegt", behauptete er.

Aus Maggies Nase löste sich ein Schnauben, das sie elegant in ein Niesen umwandelte.

„Gesundheit", sagten zweistimmig Zoey Bloom und Jay Jameson, derweil Liv in sich hineingrinste.

„Danke." Maggie wandte sich an Miss Bloom. „Sie sagten vorhin, Ihre Schwester habe Ihnen etwas erzählt. Betraf es Snugford und könnte es unseren, ich meine, den Ermittlungen des DCI Jameson weiterhelfen?"

Der flüchtige Hauch von Irritation lag in der Luft. Zoey nahm den Blick langsam von DCI Jameson, um ihn auf Maggie zu richten. Vermutlich fragte sie sich, warum zwei alte Ladys mehr zum Mordfall zu sagen hatten als der Ermittler. Sie würde noch früh genug erkennen, warum. Liv nahm sich fest vor, seine Unbeholfenheit so lange wie möglich zu verschleiern. Für Snugford, für Zoeys Seelenheil und vor allem für die zarten Gefühle, die sie hinter Jay Jamesons Augen erblühen sah. Etwas, wofür Liv mehr als für alles andere Verständnis zeigte.

„Ja“, Zoey Bloom nickte, „in den letzten Wochen hat sie vermehrt erwähnt, dass sie sich nicht hundertprozentig wohl in ihrer Haut fühle. Dass dieser Ort oberflächlich betrachtet wie die reinste Idylle wirke, aber unterschwellig brodele. Ich hätte längst herkommen sollen ...“ Sie unterbrach sich, befeuchtete sich mit der Zunge die Lippen – was dem DCI nicht entging, dem rosa Schimmer auf seinen Wangen nach zu urteilen – und fuhr fort. „Zumindest erwähnte sie, dass ihr die Flut an Liebesbekundungen von den Männern hier zur Last falle. Scheinbar war sie wie immer zu nett, um den Kerlen eine klare Abfuhr zu erteilen. Für den Fall, dass sie es doch getan hat“, sie sah von einem zum anderen, sichtbar irritiert, wen sie adressieren sollte, „denken Sie, einer davon könnte so weit gegangen sein, ihr etwas anzutun?“

Dieses Mal wurde Jay Jameson seiner Berufung als Kriminalist gerecht und antwortete schneller, als Maggie den Mund öffnen konnte.

„Wir können nichts ausschließen und diese Information ist sehr wertvoll. Ich danke Ihnen. Seien Sie unbesorgt, dieser Spur werde ich gründlichst nachgehen.“

Er lächelte mit diesem Grübchen in den Mundwinkeln und Zoey Bloom erwiderte es mit einem Anflug von Erleichterung.

Maggie gab dem DCI zehn Sekunden, um nachzuhaken, ehe sie dem selbst nachkam. „Hat Ihre Schwester zufällig irgendwelche Namen genannt?“

Miss Bloom runzelte die Stirn und dachte darüber nach. „Ja, ich kann mich nur nicht mehr genau erinnern. Aber sie erwähnte einen Alec ... Alec ...“

„Swan?“, half ihr Maggie auf die Sprünge.

Zoey nickte bekräftigend. Jay Jameson warf Maggie einen Blick zu, Liv presste die Lippen aufeinander. Maggie würde es bald geschafft haben, dem Detective Chief Inspector den Ruf streitig zu machen. Nun zückte Liv ihr Notizblöckchen, doch anstelle die Namen zu notieren, reichte sie es mit einem Zwinkern dem Chef. Er nahm es entgegen, begriff dankenswerterweise, wofür Liv es ihm gereicht hatte, und kritzelte eilig nieder, was Zoey Bloom erzählte.

„Ja, so hieß er. Sie erwähnte auch einen Neil und ... irgendwas mit Roland oder ...“

„Rowan, nehme ich an. Rowan Flemming.“

Jay Jameson sah von Livs Block hoch zu Maggie, die ihm freundlich zunickte. Eindeutig fragte er sich gerade, ob die alte Dame Gedanken lesen konnte.

Ehe ihn Maggie mit ihrer zu eifrigen Art bloßstellen konnte, ergriff Liv das Wort: „Wir konnten einige Briefe sicherstellen, ist es nicht so, DCI Jameson?“

Einen Moment sah es so aus, als würde der Trottel verneinen, ehe er den Faden aufnahm und nickte. „Ja.“ Er strich sich eine Strähne hinters Ohr. „Ja, richtig, konnten wir.“

Liv lächelte zufrieden. „Liebesbekundungen aller Art. Nicht jede war unterzeichnet, aber als alteingesessene Snugforderinnen konnten wir unserem Ermittler in diesem Punkt behilflich sein. Man kennt die Leute hier mittlerweile.“ Sie sandte Maggie einen warnenden Blick zu. Ihre Freundin schwieg mit schmalen Lippen.

Jay Jameson räusperte sich, verlagerte sein Gewicht vom rechten aufs linke Bein und wieder zurück. „Wir haben außerdem Drohbriefe gefunden. Ihren Tee und die neuen Kreationen betreffend. Hat Ihre Schwester davon gesprochen?"

Dem Himmel sei Dank, er nahm Fahrt auf. Liv konnte sich eines gewissen Stolzes nicht verwehren. Er brauchte eben Starthilfe. Vor allem, wenn die Zeugin so hübsch war, dass sie zusätzliche Gedanken in sein überfülltes Hirn blies.

„Ja. Das hat sie erzählt und ich hatte sie bereits gebeten, deshalb zur Polizei, also zu Ihnen zu gehen. Sie war wie immer zu gutgläubig. Sie meinte, es würde sich schon lösen. Ich mache mir schreckliche Vorwürfe, dass ich nicht insistiert habe."

„Das müssen Sie nicht. Niemand konnte vorhersehen, dass jemand ausgerechnet hier so weit gehen würde." Der DCI sprach ihr Mut zu. „Sonst noch etwas, das wir wissen sollten?"

„Jetzt, wo Sie fragen, fällt mir ein, Lyla hat vor einer Woche geschrieben, es seien Gegenstände aus dem Laden verschwunden. Ich könnte nachsehen, was genau. Ich habe mein Handy nicht dabei. Ich hoffe, es reicht noch, es Ihnen morgen mitzuteilen? Ich habe sowieso beschlossen, hierzubleiben, bis der Fall gelöst ist, und solange im Geschäft nach dem Rechten zu sehen."

„Das klingt ausgesprochen erfreu- vernünftig." Jay Jameson verfing sich in ihrem Blick. „Und es passt morgen ausgezeichnet."

Zoey Bloom erwiderte sein Lächeln mit einem Aufseufzen. „Danke. Hoffentlich finden Sie den Menschen, der Lyla das angetan hat."

„Das werde ich", beteuerte der Detective Chief Inspector feierlich.

Das Gespräch fand ein Ende, Zoey Bloom wurde in ein neuerliches mit den Lockspridges eingespannt und Jay Jameson ab da von seinen Gedanken in Beschlag genommen. Maggie und Liv tauschten einen Blick.

„Das wird er", raunte Maggie sarkastisch.

Liv legte ihr eine Hand auf die Schultern. „Ja, mit unserer Hilfe. Wobei wir das ja nicht so überdeutlich zur Schau stellen müssen, hm?"

Maggie nickte. „Ich weiß schon, was du denkst. Meinetwegen. Ich kann auch diskreter. Hauptsache, ich habe etwas zu tun."

Dieser Wunsch dürfte sich erfüllen, nahm Liv stark an.

Kapitel Fünf

Alec Swan, Neil Miller und Rowan Flemming waren in jeglicher Hinsicht verdächtig. Jeder auf seine Art. Jay hatte nicht gezögert, sie vorzuladen, noch ehe er Zoey Bloom wiedergesehen hatte, und war kaum überrascht darüber, einen davon wiederzuerkennen.

„Sieht so aus, als hätte ich Ihren Namen schneller rausgefunden, als Ihnen lieb ist", murmelte er, indem er den aufdringlichen Flirtenden aus dem Teegeschäft musterte, der sich in der vorherigen Woche binnen kürzester Zeit zum Schläger gewandelt hatte. Rowan Flemming hieß er also. Er war Jay heute genauso unsympathisch wie damals, aber das tat nichts zur Sache. So professionell musste man sein. Er nickte seinen beiden Beisitzerinnen zu. Mrs Liv hatte ein frisches Blatt auf ihren Protokollblock gelegt, Mrs Maggie saß mit schmalen Lippen und strenger Miene neben ihr. Die beiden machten sich gut.

„Dann holen wir den Nächsten rein", sagte er und rief nach diesem Rowan.

Mal sehen, wie der sich so schlug. Sein Vorgänger Alec Swan hatte sich als harter Brocken erwiesen – vor allem, weil er so butterweich war. Hatte bereits nach wenigen Minuten zu weinen begonnen, so herzzerreißend, dass ihm Jay keine Sekunde glauben wollte. Seinen Worten wurde er damit allerdings sehr gerecht. *Ich sterbe, wenn du mich nicht erhörst!*

Genau so sah er aus. Als würde er Lyla Bloom am liebsten in den Tod folgen. Oder er wollte so aussehen. Jay traute dem Kerl zu, eine bühnenreife Show zu liefern, um sich unverdächtig zu machen. Er hatte Schauspielern zu lange dabei zugesehen, wie sie sich verwandelten. Der hier war verdächtig.

Sein letzter Kniff war besonders clever gewesen. Einen anderen zu belasten, war immer gut, was nicht hieß, dass Jay Alec freisprach. Zumal er kein Alibi zur Tatzeit vorzuweisen hatte. Menschen taten die skrupellosesten Dinge, um die eigene Haut zu retten. Sei es, wie es sei, er hatte ihnen mit seiner Anschuldigung einen Vorteil für die nächste Befragung verschafft. Dachte Jay zumindest.

„Im Ernst jetzt?", begehrte Rowan auf, noch ehe er auf dem Stuhl saß. „Sie verhaften mich aber nicht, weil ich letzte Woche im Teegeschäft Stunk gemacht habe? Das wäre so was von ..."

„Ich verhafte niemanden. Ich verhöre."

Jay strich sich die Haare hinters Ohr und verzichtete auf übertriebene Machtdemonstrationen. Er hatte diese „Guter Cop – Böser Cop"-Nummer schon immer lächerlich gefunden. Zumal es nur einen Cop gab. Den mit den guten Manieren und dem netten Lächeln. Ihn. Jay Jameson. Er dachte nicht daran, ein anderer zu sein.

„Ach ja, wozu? Ich bin so was von unverdächtig. Sie machen sich hier lächerlich und picken wahllos Bewohner raus, denen Sie was anhängen wollen. Damit verschleiern Sie ..."

Jay ließ ihn weiterpoltern. Das war in neunzig von hundert Fällen eine bewährte Methode. Warum? Weil solche Monologe von Verdächtigen eine Menge über dieselben aussagten. Weil sie sich sicher fühlten und glaubten, die Oberhand zu besitzen, und deshalb früher oder später unvorsichtig wurden und dann entwischte ihnen was, das sie eigentlich nicht hätten sagen wollen.

„Ich habe mit dem Mord an Lyla nichts zu tun! Wieso sollte ich? Sie war verdammt heiß."

Und sehr viel reifer als er. Laut Akte war er Anfang dreißig, seiner Klappe nach zu urteilen am Anfang seiner Pubertät.

„Ich weiß wirklich nicht, was ich hier soll, das Ganze ist ..."

„Würdest du freundlicherweise den Mund halten, Rowan Flemming? Oder willst du erst mal eine Nacht in der Gummizelle verbringen?"

Jay gelang es, sich nicht zu verschlucken. Rowan verstummte und sah Mrs Maggie mit großen Augen an. Diese blickte herablassend zurück. Sie beherrschte diesen Zerstörerblick ausgezeichnet. Verblüffend, was aus einer netten alten Lady werden konnte. Ihre Behauptung war nur insofern problematisch, dass es in diesem Revier keine Gummizelle gab. Plus, dass sie den Verhörfluss damit unterbrochen hatte, und jetzt musste Jay irgendwie weitermachen. Das brachte ihn aus dem Konzept.

Rowan heftete seine Augen wieder auf ihn. „Dann fangen Sie halt an mit Ihrem Verhör. Oder macht das Maggie für Sie? Sind Sie überhaupt ein richtiger Polizist?"

Jay lächelte. „Kein richtiger Polizist, nein. Eigentlich ein Sonderermittler in Mordfällen. Also in diesem hier genau der richtige Mann. Was das Verhör betrifft, das hat längst begonnen.“

Das betonte er nicht nur für ihn. Er beschloss, nicht lange um den heißen Brei herumzureden. Er schob Rowan wortlos den Brief über den Tisch, in dem er Lyla kurz und prägnant seine Gefühle serviert und nach einem Treffen gefragt hatte. Davon gab es drei Exemplare. Jay schob sie nach und nach zu ihm rüber.

„Die sind nicht von mir“, sagte Rowan und verschränkte die Arme vor der Brust.

Jay sah ihn an. „Ich denke schon.“

Er bemerkte aus den Augenwinkeln, wie sich die beiden Ladys verstohlene Blicke zuwarfen. Es stimmte, auf den Briefen stand kein Name. Es gab andere Anzeichen. Wie gesagt, Jay verzettelte sich gelegentlich, vergaß, wo er seine Schuhe hingestellt hatte, oder nahm einen Knopf zu früh an seinem Hemd, aber wenn er einmal etwas gesehen hatte, vergaß er es nicht.

„Ich finde es sehr respektvoll, dass Sie zum Verhör Ihre Cap abgenommen haben. Darf ich sie mal sehen?“

Rowan runzelte die Stirn. „Warum?“

Trotzdem kam er der Aufforderung nach und legte die Cap auf den Tisch. Jay griff danach und deutete auf den Schriftzug auf der Frontblende.

„Steht dieses R.F. für Ihren Namen? Rowan Flemming?“

Rowan zuckte mit den Schultern. „Wofür sonst?“

Jay ließ sich nicht beirren. „Ich wollte sichergehen, denn dieses besondere Emblem findet sich auch auf den Briefen.“

Rowans Augenbrauen schossen in die Höhe, Jay lächelte nachsichtig. Er hob einen der Briefe hoch und gegen das Licht an der Decke.

„Sehen Sie, meine Damen?"

Die Angesprochenen neigten sich nach vorn, erkannten, worauf er hinauswollte. In der Kopfzeile des Briefpapiers war ein Wasserzeichen eingearbeitet. R.F. In exakt derselben geschwungenen Manier wie auf Rowans Kappe. Mrs Liv pfiff durch die Zähne. Ihre Freundin warf Jay einen überraschten Blick zu. Das allein war die Demonstration wert gewesen. Dass er rein zufällig darauf gestoßen war, weil ihm das Blatt aus der Hand geglitten war, musste er nicht erwähnen. So ehrlich durfte man mit sich selbst sein, bei anderen vornehm schweigen. Er wandte sich wieder Rowan zu.

„Netter Einfall, Ihr eigenes Briefpapier zu drucken. Würden Sie immer noch behaupten, die sind nicht von Ihnen?"

Rowans Wangen brannten. „Okay, ja. Es sind meine. Aber das heißt überhaupt nichts. Ich habe mit ihrem Tod nichts zu tun."

Jay nickte freundlich. „Würde ich gerne glauben. Nur wenn dem so ist, frage ich mich, warum Sie verheimlicht haben, dass die Briefe von Ihnen sind."

Rowan schob das Kinn vor. „Ist nicht gerade was, von dem man möchte, dass es alle Welt weiß."

Gut möglich. Jay hatte nicht erwartet, dass es in einem einzigen Ort so viele Menschen geben könnte, die dieser in die Jahre gekommenen Mode des Liebesbriefschreibens noch folgten. Vielleicht lag es am dörflichen Charakter Snugfords, dass sich die Herren noch altmodischer verhielten.

„Das verstehe ich. Ich habe eine andere Frage. Ist Lyla Bloom auf Ihren Vorschlag eingegangen? Haben Sie sich getroffen?“

Rowan presste die Lippen aufeinander. Mrs Maggie räusperte sich, scheinbar sah sie sich verpflichtet, die Rolle des bösen Cops zu übernehmen, um die Befragung voranzutreiben.

Immerhin zeigte es erneut Wirkung, denn Rowan erwiderte: „Nein. Sie hat mich liebenswürdig ignoriert.“

Was seine drei Anläufe erklärte. Er sammelte wohl gerne Körbe. „Dann waren Sie also nicht zusammen im kleinen Wäldchen beim Ehen River?“

Jetzt verengten sich Rowans Augen zu Schlitzen. „Woher …? Nein! Ich meine, ja, schon, aber das war kein Treffen. Ich habe sie gesehen und bin ihr nach. Geplant war es nicht und auch flugs wieder vorbei.“

„Weil sie Sie zurückgewiesen hat?“

Er nickte verkniffen.

„Scheint Sie wütend zu machen.“

„Es kratzt an meinem Stolz. So würde ich es formulieren. Bestimmt ist das kein Grund gewesen, sie umzubringen. Das können Sie nicht ernsthaft als Motiv betrachten.“ Er sah zwischen Jay und den Ladys hin und her, ihr Schweigen machte ihn noch furioser. „Woher wissen Sie eigentlich davon, hm?“

„Wir haben unsere Quellen.“ Mrs Maggie faltete die Hände auf dem Tisch.

„Ach was? Darf ich mal raten, wer diese Quelle war?“

Ehe Jay reagieren konnte, war Rowan aufgesprungen und zur Tür gestürmt.

„Alec!“, brüllte er in den Flur.

Mrs Maggie reagierte am schnellsten und hastete hinter ihm her, Mrs Liv folgte ihr. Jay seufzte und schob sich eine Strähne hinters Ohr. Warum verhielt der Kerl sich immer so unbeherrscht?

„Alec, du miese Kakerlake, das hast du ihnen verklickert, hm?"

Jay erreichte den Flur zu spät, um zu verhindern, dass sich Rowan auf Alec stürzte, wobei dieser innerhalb der nächsten Minuten nicht einen einzigen Hieb abbekommen sollte. Weil sich nämlich Neal Miller einschaltete. Die Szenerie nahm dadurch fast absurde Züge an. Rowan und Neal tänzelten minutenlang mit geschmeidigen Kampfbewegungen, die eher wie Streicheleinheiten wirkten, auf und ab, was so abstrus aussah, dass Jay keine Sekunde auf den Gedanken kam, einzuschreiten. Stattdessen standen er, Mrs Maggie und Mrs Liv mit großen Augen im Flur und folgten ihren Bewegungen. Rowan holte aus, Neal federte den Schlag ab. Neal holte aus und Rowan lenkte den Schlag ins Nichts. Rowan schlug zu, Neal federte ab, Neal schlug zu, Rowan federte ab, Rowan holte aus ... und so weiter und so weiter. Als befänden sie sich unter Wasser. Schließlich endete der Tanz der Ganoven unerwartet. Neal schlug und Rowan fiel. Ein kurzer, präziser Schlag, an dem irgendetwas anders gewesen sein musste. Weil Rowan wie eine Puppe in sich zusammen und bewusstlos auf den Boden sackte. Jay blinzelte. Mrs Maggie schlug die Hand vor den Mund, die von Mrs Liv wanderte zum Herzen. Neal Miller grinste.

„Ich kann Wing Tsun und Karate", sagte er bescheiden und zwinkerte Mrs Liv zu.

Aus irgendeinem Grund schien dieser Angeber dem Irrglauben verfallen zu sein, über einen gewissen Reiz gegenüber dem anderen Geschlecht zu verfügen. Da aber Mrs Liv darauf verzichtete, zurück zu zwinkern, konnte seine Selbstwahrnehmung nur falsch sein. Jay richtete seine Aufmerksamkeit auf die blutende Nase, die Neals Schlag in Rowans Gesicht hinterlassen hatte. Der Kerl verfügte auf jeden Fall über eine kraftvolle Schlaghand. Sogar ohne eine Mordwaffe ... Seine Augen kehrten zu Neal zurück.

„Mrs Maggie, Mrs Liv, würden Sie bitte einen Arzt rufen?", fragte er. „Neal Miller, kommen Sie bitte mit mir in den Verhörraum."

***

Eindeutig, an dem Kerl war etwas faul. Also an allen dreien. Alec machte sich mit seinem übertriebenen Gewinsel verdächtig, Rowans Gemüt hatte bewiesen, dass er im Affekt einen Menschen – womöglich eine Teeladenbesitzerin – erschlagen könnte, und Neal hatte tatsächlich zugeschlagen. So präzise, dass Rowan im Hospital war. Zumindest was das anging, wartete nun eventuell eine Anzeige auf ihn. Sein Verhalten qualifizierte ihn jedenfalls zum astreinen Täter. Ein Alibi besaß er auch nicht.

Das Motiv war das Problem. Mord aus Eifersucht oder unerhörter Liebe. Das inklusive ihres Verhaltens machte sie alle vielleicht verdächtig, aber ausreichend erschien es Jay nicht, und Beweise musste er noch finden. So hatte er Zoey Bloom eigentlich nicht gegenübertreten wollen. Ein paar Indizien mehr wären schon wünschenswert gewesen ...

Zoey Bloom. Jay unterbrach seine Überlegungen für einen Herzschlag lang und formte stattdessen vor seinem inneren Auge ihr Bildnis. Sie war noch viel attraktiver als ihre Schwester. In etwa gleich groß, jedoch filigraner, obwohl ihre Bewegungen entschlossener wirkten. Selbstsicherer. Ihre Haare stachen nicht so aufdringlich ins Gesicht, sie liebkosten das Auge in einem sanfteren Rotbraun, ihr Lächeln war ein Sonnenaufgang, wobei sie sparsamer damit umging. Und behaupten konnte sie sich. Bei einer wie ihr würde niemand auf die Idee kommen, ungefragt eine Hand an ihre Hüfte zu legen. Ihre Augen wechselten die Farbe von Braun zu Grün, je nachdem wie das Tageslicht einfiel, und wenn er sie ansah, konnte es sein, dass er beim Betrachten die Zeit vergaß. Was wirklich irritierend war, denn Zeit vergaß er sonst nur beim Denken ... So wie jetzt. Indem er an sie dachte und das, ohne sie anzusehen.

Er räusperte sich und das Bild verschwand.

Er musste sich wirklich konzentrieren. Er wollte diesen Fall schließlich so schnell wie möglich für sie lösen, hätte am liebsten alle drei Verdächtigen eingesperrt, um ihr ein Gefühl von Sicherheit zu geben ... Zum Glück kamen ihm dabei diese kurzen Momente der Vernunft in die Quere, die ihn daran erinnerten, dass niemandem geholfen wäre, wenn er vorschnell jemanden verhaftete. Im Gegenteil, es wäre reichlich peinlich und unprofessionell. Weshalb er sich schleunigst auf die Suche nach Beweisen machen sollte.

Stattdessen fand er sich auf dem Weg zum Teeladen – obwohl er in seinem Fall kaum Fortschritte gemacht hatte. Er folgte einem inneren Bedürfnis. Er musste sie wieder sehen. Sie hatte ihn außerdem hergebeten, um ihm sagen zu können, welche Gegenstände aus dem Geschäft ihrer Schwester fehlten. Sehr dringlich, und vielleicht würde ihn das weiterbringen. So gesehen, durfte er keine Sekunde länger warten.

Es überraschte ihn nicht, dass er auf halber Strecke dorthin Mrs Maggie und Mrs Liv traf, die sich ihm anschlossen. Den beiden war eindeutig langweilig und er hatte nichts dagegen einzuwenden, dass sie ihn unterstützten – wenigstens so lange, bis die Verstärkung hier in Snugford eintraf. Erst, als sie zusammen durch die Tür in den Teeladen traten, wurde Jay bewusst, dass er auf die beiden Anstandsdamen hätte verzichten können.

Zoey stand auf einer Leiter, die an den Regalen mit gefüllten Teedosen lehnte. Die hautenge Jeans betonte ihre körperlichen Reize, die grüne Bluse ließ sie frischer aussehen als am Tag der Beerdigung. Offenbar hatte sie beschlossen, das Geschäft ihrer Schwester einstweilen weiter zu führen. Es verließen gerade zwei Kunden den Laden, als Jay in der Tür stehen blieb und in Zoeys Anblick versank. Die Sonne hatte sich den gesamten Tag nicht blicken lassen, aber genau in diesem Moment sandte sie einen Strahl durch das breite Fenster und ließ den Staub um Zoeys Gestalt herum verträumt tanzen ...

Jay räusperte sich und grüßte laut, womöglich etwas zu laut.

„Ah, einen wunderschönen guten Tag, wunderschönes Wetter, nicht?“

Noch während seine Worte verklangen, wurde er sich ihrer Idiotie bewusst. Er hatte sich wiederholt, zweimal „wunderschön“ in einem Satz, und hinzu kam die Tatsache, dass es eindeutig das falsche Vokabular war, um das heutige Wetter zu beschreiben. „Ganz passabel“ hätte gepasst oder „nett“ – alles außer „wunderschön“.

Zoey verzieh ihm den Mangel an Eloquenz und stieg von der Leiter.

„Ach, guten Tag! Ich freue mich, Sie wiederzusehen. Mit Ihrem Ermittlerteam.“

„Ja.“ Das schaffte er gerade noch zu erwidern, ehe ihm die Worte versagten, weil es ihm immer unrechter wurde, dass sie als Team hier waren.

„Wie ich sehe, haben Sie den Betrieb wiederaufgenommen?“, erkundigte sich sein Team in Form von Mrs Liv, indem sie besseren Small Talk führte als er. „Haben Sie vor, den Teeladen zu übernehmen?“

Zoey schüttelte den Kopf. „Nein, nicht wirklich, obwohl mir der Gedanke flüchtig gekommen ist. Ich bin Lehrerin in Kendal, nehme aber gerade mein Sabbatical und habe deshalb etwas Zeit. Natürlich nicht für ewig. Also weiß ich noch nicht, was mit dem Teeladen werden soll. Für den Moment hielt ich es für das Beste, es einfach weiterleben zu lassen. Solange ich sowieso hier bin.“

Jay nickte. Ausgezeichnet.

„Nun, die Bewohner von Snugford dürften es Ihnen danken“, sagte Mrs Maggie.

Jay hörte auf zu lächeln und runzelte die Stirn, als ihm ein Gedanke kam.

„Da bin ich mir nicht so sicher", murmelte er. „Immerhin läuft ein Mörder frei herum und wir wissen nicht, was er noch im Schilde führt, wir haben ja diese Drohbriefe. Vielleicht wäre es besser, Sie würden das Geschäft schließen. Oder ich stelle Ihnen jemanden zu Ihrem Schutz zur Verfügung."

Zoey winkte ab. „Das wird nicht nötig sein. Ich habe bereits eine Firma beauftragt, die eine Alarmanlage einbauen wird, und bin für den Extremfall ausgerüstet." Sie griff unter die Theke und holte einen Cricketschläger nebst einem kleinen schwarzen Gerät hervor. Jays Augen glitten blinzelnd über den Schläger. „Oh, Sie ... spielen Cricket?"

Zoey entwich ein Lachen. „Nein, der Schläger ist bestimmt noch von Onkel Lou, dem Mann meiner Tante. Ich habe ihn im Keller gefunden und beschlossen, dass er sich nützlich machen kann. Für den Fall der Fälle."

Jay nickte, fand sie immer faszinierender. Vor seinem geistigen Auge sah er sie das Ding schwingen und auf ihren Angreifer niedersausen lassen, ehe sie ihn mit dem Elektroschocker vollständig außer Gefecht setzte. In der Fantasie gestalteten sich die Dinge immer angenehmer. Er würde es besser nicht so weit kommen lassen.

„Ich werde den Täter schnappen, ehe es so weit kommen kann", sagte er daher und warf sich in die Brust.

„Haben Ihre Verhöre denn etwas ergeben?"

Ja und nein. Nichts Konkretes, obwohl er überzeugt davon war, dass mindestens einer der drei schuldig sein könnte ...

„Einiges", übernahm es Mrs Liv für ihn, mit einer schwammigen Antwort aufzuwarten, die nach mehr klang, als es war, während Maggie fasziniert Zoeys Elektroschocker in der Hand drehte. „Unsere Verdächtigen haben es faustdick hinter den Ohren, so viel ist sicher. Nicht wahr, DCI Jameson?"

Es irritierte ihn nach wie vor, dass die beiden dazu übergegangen waren, diese Abkürzung zu verwenden, die er zugegebenermaßen nicht gekannt und beim ersten Mal kaum verstanden hatte. Ein Blick ins Internet hatte genügt, um seine Bildungslücke zu schließen und die Gängigkeit dahinter zu begreifen. Peinliche Sache. Besser niemandem erzählen.

Nun nickte er mit der zur Gewohnheit werdenden Verzögerung.

„Das kann man wohl sagen. Sie verhalten sich ebenso liebestoll wie streitlustig und ich traue ihnen nicht über den Weg. Es werden weitere Untersuchungen nötig sein und ich lasse sie nicht aus den Augen." Er seufzte. „*Wie alles von Natur sterblich ist, so sind alle sterblich Verliebten von Natur Narren.*"

Das Zitat war ihm so herausgerutscht. Keine Ahnung wie. Mrs Maggies schmale Lippen verrieten ihre dezente Unbill, Mrs Liv kicherte. Zoey Bloom sah ihn mit hochgezogenen Brauen an. Wie schade. Keine Shakespearekennerin. Oder es war unpassend gewesen, ihn zu erwähnen, dumme kleine Angewohnheit. Zum Glück konnte er das Gespräch seiner peinlichen Pause berauben, indem ihm der Grund seines Hierseins wieder einfiel.

„Ja. Wie auch immer. Gleichzeitig folge ich natürlich der Spur der verschwundenen Gegenstände, die Sie erwähnten, Miss Bloom. Können Sie mir verraten, um welche es sich handelt?"

„Ja, wobei ich unsicher bin, ob Ihnen das weiterhilft und ob es etwas damit zu tun hat. Es sind Kleinigkeiten. Lyla erwähnte Dosierlöffel in verschiedenen Größen, die plötzlich verschwunden waren. Einige Filter und Maßlöffel bzw. Schäufelchen fehlten ebenfalls auf mysteriöse Weise, ein Teesieb, einige Dosen und die Plastiktassen. Können Sie sich darauf einen Reim machen?“

„Nun, na ja, ein bisschen.“

Er sah ihrer Frontsträhne dabei zu, wie sie ihr Kinn küsste, blinzelte den Gedanken zur Seite und konzentrierte sich auf die Frage. Da sie es mit Drohbriefen zu tun hatten, lag der Verdacht nahe, dass …

„Es könnte durchaus sein, dass die Gegenstände als ein Akt der Einschüchterung entwendet wurden.“ Mrs Maggie war ihm wieder zuvorgekommen. „Die Drohbriefe, die wir, oder DCI Jameson, sichergestellt hat, deuten so etwas an. Vielleicht wollte jemand Ihre Schwester einschüchtern und hat deshalb wichtige Gegenstände für Herstellung und Verkauf des Tees mitgehenlassen.“

Jay nickte nachdrücklich. Exakt das hatte er anführen wollen. Er kam allerdings nicht mehr dazu, es zu beteuern, da in diesem Augenblick Finley Odell eintrat. Er blieb beim Anblick der Versammelten stehen, knetete seine aus der Mode geratene Ballonmütze in der Hand, die trotzdem allemal cooler war als Rowans Cap.

„Oh, hey. Ehm, Verzeihung, ich dachte …“

„Da dachten Sie vollkommen richtig, der Teeladen ist geöffnet“, erklärte Zoey freundlich. „Was darf es sein?“

Finley trat zögerlich ein, nickte ihnen allen zu.

„Also, eigentlich wollte ich nur ...“ Er schaute Zoey an, als wüsste sie Bescheid. Sie schenkte ihm ein Lächeln. „Grüntee.“

Zoey wartete, doch folgte dieser Bitte keine Präzisierung mehr. Stattdessen warf Finley einen Seitenblick zum Ermittlerteam hinüber. Er fühlte sich scheinbar nicht wohl in seiner Haut – oder in ihrer Gegenwart. Maggie ließ ihn nicht aus den Augen, Jay beschloss, es ihr gleichzutun.

„Was für einen Grüntee?“, erkundigte sich Zoey. „Lyla hatte eine ganze Menge zur Auswahl.“

„Ehm, der in der gelben Dose.“ Finley sah Zoey dabei zu, wie sie den Tee in eine Tüte abfüllte. „Oh, und ich wollte noch“, er sah zu Jay hinüber, „also, ich habe vergangene Woche ein paar Teedosen zerbeult und ich ... wollte den Schaden bezahlen.“

Er fummelte ein paar Scheine aus seiner Jackentasche. Zoey stellte den Grüntee ab, betrachtete ihn erstmals mit Interesse.

„Oh, dann sind Sie Finley Odell, habe ich recht? Lyla hat Sie erwähnt.“

Finleys Gesichtsfarbe veränderte sich schneller als eine rotwerdende Ampel. „Tatsächlich?“

Zoey nickte.

„Oh, gut.“ Er schluckte, lächelte, schluckte. Schließlich legte er ihr die Scheine hin. „Gut, also, stimmt so.“ Damit wandte er sich zum Gehen.

„Ihr Tee, Mr Odell“, rief ihm Zoey hinterher und hielt ihn ihm hin.

Sekundenlang wirkte es so, als wollte er ihn ablehnen. Als er danach griff, sah er niemanden an und verließ schnellen Schrittes den Laden. Alle vier schauten ihm stirnrunzelnd hinterher.

„Vielleicht hat Shakespeare recht. Dieser hier könnte ein Narr sein", mutmaßte Zoey und überraschte Jay somit in zweierlei Hinsicht. Sie kannte Shakespeare! „Oder verhält er sich immer wie der Dorftrottel? Lyla hat ihn anders beschrieben und häufig erwähnt. Ich wusste, dass ich einen vergessen hatte. Den wichtigsten womöglich. Er hat keine Briefe geschrieben, dafür ist er ständig um sie herum gewesen. Wie ein Schatten, hat sie gesagt. Nett, aber unheimlich. Dem würde ich nachgehen."

Sie löste die Augen von dem davoneilenden Finley und richtete sie auf Jay. Augenblicklich fühlte er sich von ihnen in Bann gezogen und nickte. Sie hatte recht. Finley hatte sich mehrfach verdächtig gezeigt und er ihn einfach aus seinem Gedächtnis getilgt.

„Das werde ich." Auf der Stelle. Er strich sich das Haar aus den Augen, drehte sich um und folgte Finley aus dem Geschäft hinaus. In der Tür erkannte er seinen übereilten Aufbruch und empfahl sich allen drei Frauen noch einmal mit einem besonders liebenswürdigen Lächeln.

Draußen vor der Tür fehlte es Jay einen Moment lang an dem Vermögen, einzuordnen, wohin Finley so schnell verschwunden war. Er musste die Seitenstraße genommen haben. Hätte er sich über den großen Platz entfernt, könnte Jay ihn noch sehen. Folglich bog er in die Seitenstraße ein. Er hatte sich nicht getäuscht. Da

war der Bursche, eindeutig, diese Ballonmütze erkannte er sogar auf eine so große Entfernung. Der Kerl
bemerkte ihn und nahm die Beine in die Hand. Ha! Der
richtige Riecher, wie es aussah.

„Haltet ihn auf!", hörte Jay eine alte Dame rufen, die
Finleys verdächtiges Verhalten ebenfalls bemerkt haben musste, und so waltete Jay seines Amtes.

Seine Mentoren hatten es ihm nicht zugetraut, aber
Jay war außerordentlich schnell. Er schaffte hundert
Meter in elf Sekunden und hatte damit zu den
Topsprintern in der Ausbildungsgruppe gezählt. Was
ihm weniger gut gelang, waren Kurven. Als Finley um
die nächste Ecke schlitterte und Jay ihm schnell aufho-
lend folgte, streifte er die Litfaßsäule an der Straßen-
windung und ein Schmerz brannte in seiner Rippe auf.
Was er ignorierte und weiterstürmte.

Das Haus der alten Janet Sweetfinger mit den blühen-
den Rhododendren kam in Sicht, Finley stürmte daran
vorbei, dicht gefolgt von Jay, was das Heidekrautge-
wächs ein bis zwei Blüten kostete.

Auf Höhe des stattlichen Anwesens der Lockbridges
hätte er Finley fast erwischt, wäre nicht dieser Fahrrad-
fahrer – wie er zu spät realisierte, der Postbote Robbie
Nelson – um die Ecke getrudelt. Womit Jay ausweichen
musste, Robbies Gruß atemlos erwidernd, um endlich
weiter rennen zu können. Jetzt kreuzte ihre Gasse die
Hauptstraße, die sonst so gut wie nie befahren war.
Ausgerechnet in diesem Moment musste natürlich der
Bus anrollen. Jay wischte sich, während er ihn vorbei-
fahren ließ, die verschwitzten Haare aus der Stirn und
sputete weiter. Finley jagte die Treppenstufen Richtung
Hallenbad hinunter. Jay legte einen Zahn zu und holte

wieder auf – abwärts war er noch schneller. Als Finley den letzten Absatz erreicht hatte, war Jay ihm auf den Fersen. Er beschloss, drei Stufen auf einmal zu nehmen, und wollte eben abspringen, um sich auf Finley zu stürzen, als etwas sehr Merkwürdiges geschah.

Er sah Finley. Aber nicht direkt vor sich, sondern seitlich ins Sichtfeld sprintend und den Kerl niederwerfend, den Jay seit fünf Minuten verfolgte. Wie? Was? Jay blinzelte. Die beiden Männer landeten als Knäuel auf dem Betonweg. Jay trat mit gerunzelter Stirn über sie.

„Hab ich dich, du Dieb!" Finley packte den anderen beim Kragen und zog ihn in den Stand.

Flüchtig fragte sich Jay, ob Finley ihn beschuldigte, seine Mütze geklaut zu haben – die er nämlich als ein Markenzeichen Finleys identifiziert und deshalb hinter dem Mann hergerannt war, der sie auf dem Kopf hatte – ehe ihm bewusst wurde, dass Finley seine ebenfalls trug. Jetzt, wo Jay genau hinsah, erkannte er auch, dass die Mützen gar nicht exakt dieselbe Form vorwiesen und auch die beiden Burschen unterschiedlich gekleidet waren. Sie trugen Jeans, ja gut, aber der eine dazu ein grünes Hemd und Finley sein übliches verwaschen-graues T-Shirt. Wie hatte Jay sie verwechseln können und was ging hier vor?

„Lass mich in Ruhe, ich bin kein Dieb!", brüllte der falsche Finley mit hochrotem Kopf.

„Doch, bist du, dreckiger Ire! Laura Abbet hat dich genau gesehen, wie du den Zigarettenautomaten aufbrechen wolltest."

„Blödsinn, ich wollte, mein Geld zurück“, schrie der andere. „Der Automat hatte zu viel geschluckt, da habe ich …“

„Bemüh dich nicht, es gibt Zeugen, und Iren glaube ich kein Wort.“

„Ich bin …“

„Schluss jetzt!“, donnerte Jay, dem der Kopf schwirrte vor lauter unpassenden Zusammenhängen.

Das mit dem Donnern kam nur ihm so vor, wie sich zeigte, denn die beiden reagierten nicht mal.

„Hey!“, rief er noch einmal. „Im Namen des Gesetzes halten Sie den Mund.“

Der Name des Gesetzes hatte schon immer Wirkung gezeigt, warum auch immer. Die beiden Unruhestifter zuckten zusammen und starrten Jay an, als bemerkten sie ihn eben erst.

Finley fasste sich als Erster. „Detective Chief Inspector, ich habe Justin an der Flucht gehindert, nachdem dieser versucht hat, einen Zigarettenautomaten auszurauben.“

Jays Stirn erfuhr eine tiefe Furche. „Versucht?“ Der ganze Blödsinn wegen eines versuchten Diebstahls von Zigaretten?

„Er konnte rechtzeitig von Mrs Abbet ertappt werden und ist geflohen. Ich bin ihm hinterher und kann ihn nun an die Obrigkeit übergeben.“

Jays Stirn schmerzte unter der tiefen Furche, die sich hineingrub. Wieso dachten hier alle ständig, sie müssten seinen Job übernehmen? „Sie sind ihm hinterher? *Ich* bin ihm hinterher. Seit fünf Minuten verfolge ich ihn schon, im Glauben …“ Er unterbrach sich und sah Finley forsch an. „Wo kommen Sie her? Bislang war von Ihnen keine Spur. Sie kamen wie von der Tarantel gestochen plötzlich angerast, und zwar von da drüben", er deutete in die Richtung, aus der Finley unerwartet aufgetaucht war, „oder nicht?"

Finley grinste überheblich. „Klaro kam ich von da. Ich hab die Parallelstraße genommen. Die Straßen führen hier, wie man sehen kann, zusammen. Nur dass man sich bei meiner Route die lästigen Treppen spart und schneller ist. So konnte ich den fiesen Zigarettendieb fassen."

Jay atmete tief durch. Ein Wichtigtuer war dieser Finley also auch. Ja. Das war Snugford, wie Jay es sich vorgestellt hatte. Das schlimmste Verbrechen, das sich die Leute erdenken konnten, waren entwendete Zigaretten. Er vergewisserte sich nicht, ob Justin diese Zigaretten tatsächlich gestohlen hatte. Er hieß beide Burschen, mit ihm auf die Wache zu kommen. Ohne Federlesen folgten sie ihm.

***

So langsam gingen Jay diese Kerle auf die Nerven. Sie standen im Flur der Polizeistation, ins Verhörzimmer hatten sie es nicht geschafft, denn in dem Augenblick, in dem Finley kapierte, dass er nicht der Held des Tages, sondern viel mehr ein Mordverdächtiger war, änderte sich die Stimmung und er blieb an Ort und Stelle stehen, um in Fassungslosigkeit zu verstummen. Minutenlang.

Schließlich fragte er: „Was soll das heißen, wir sind nicht wegen Zigaretten hier, sondern wegen des Mordes an Lyla Bloom?" Er deutete auf Justin, Worte wollten keine mehr kommen. Jedenfalls keine sinnvollen. „Aber er ... Ich ... was?"

Jay schloss die Augen. Einzig fürs Protokoll würde er sich mit dieser Geschichte befassen. Kurz und knackig. Er öffnete die Augen und sah zwischen Finley und Justin hin und her.

„Wurden heute Zigaretten gestohlen?"

„Nein!", erwiderte Justin vehement, woraufhin Finley erklärte: „Ändert nichts daran, dass er es vorhatte."

„Aha. Und wer kann bezeugen, dass es sich wirklich um einen Versuch gehandelt hat, sie zu stehlen?", fragte Jay.

„Laura Abbet hat ihn von ihrem Fenster aus gesehen, wie er sich am Automaten zu schaffen machte."

Jay seufzte. Natürlich. Laura Abbet. Die alte Frau, die gerufen hatte. Selbstverständlich stützte er sich auf Mutmaßungen, aber das Sehvermögen von alten Frauen, waren sie nicht gerade B&B-Besitzerinnen, ließ bekanntlich irgendwann nach. *Verdammt ist jede Schuld schon vor der Tat.* Die Leute hier waren geradezu süchtig nach Vergehen, und wenn es nur darum ging, jemanden des Diebstahls zu bezichtigen. Insbesondere einen Iren. Dabei hatte sich ein weitaus schlimmeres Verbrechen ereignet. Das dringend Jays Aufmerksamkeit erforderte. Mit diesem Firlefanz konnte er sich nicht befassen.

„Nun, dann kann sich Laura Abbet gerne bei mir melden. Oder sonstige Zeugen. Solange dem niemand nachkommt und kein Tatverbrechen besteht, sehe ich keinen Anlass, Justin hierzubehalten. Ich werde eine Anzeige aushängen, dass sich Zeugen in dieser Sache binnen der nächsten achtundvierzig Stunden bei mir melden können. Tun sie das nicht, lege ich den Fall zu den Akten." So. Das Machtwort war gesprochen. „Was Sie betrifft, Justin ..."

„O'Reilly", stellte sich dieser vor, womit sein Nachname ihn als das enttarnte, was ihm vorgeworfen worden war – als Iren. Vielleicht sein einziges Verfehlen in dieser Sache.

Jay schenkte ihm ein Lächeln. „Gut, Justin O'Reilly, keine dubiosen Verhaltensweisen an Zigaretten- oder Kaugummiautomaten mehr, verstanden?"

„Aye", murmelte dieser, unsicher, ob er erleichtert oder verwirrt sein sollte. War ja auch alles verwirrend.

„Gut, dann raus hier und einen schönen Tag."

Jay seufzte. Zeit, zur Sache zu kommen. Finley starrte dem hinausflitzenden Justin hinterher, anschließend Jay an.

„Was geht hier vor? Warum bin ich noch hier? Ich habe gerade geholfen, einen potenziellen Dieb zu fassen!"

Jay nickte wohlmeinend und verzichtete darauf, ihn jetzt noch ins Verhörzimmer zu bitten. „Für diesen Einsatz, so unbegründet er vielleicht war, bin ich Ihnen sehr dankbar. Dennoch war der eigentliche Grund, weshalb ich unterwegs war, dass ich mit Ihnen sprechen wollte. Dieses Ereignis kam zufällig dazwischen."

„Toller Zufall." Finley rümpfte die Nase.

Sie sahen einander an, Finley mit glasigen Augen und bemüht ruhig, Jay so freundlich wie eh und je.

„Zu lächeln, wenn man jemanden verhört, macht das Verhör nicht angenehmer, nur so als Info", sagte Finley und schnitt eine Grimasse.

Jay dachte eine Nanosekunde darüber nach. So, so. War ihm nicht bewusst gewesen.

„Könnte ja sein, es steckt eine geheime Absicht dahinter", sagte er und machte sich damit gerissener, als er war. „Aber gut, reden wir nicht um den heißen Brei herum. Waren Sie verliebt in Lyla Bloom?"

Finley war der Erste, der es schlicht und ergreifend bejahte. Mal eine Abwechslung.

„Hat sie die Gefühle erwidert?"

„Keine Ahnung. Schätze eher nicht."

Immer noch erfrischend ehrlich.

„Waren Sie sauer, nachdem Ihnen das klar wurde? Haben Sie sie daraufhin vielleicht eingeschüchtert?"

Finley riss empört die Mütze vom Kopf. „Nein!"

„Keine Drohbriefe, keine Gegenstände, die Sie, um sie zu drangsalieren, entwendet haben?"

Die Mütze entglitt Finleys Fingern. „Sie wurde bedroht?"

Jay nickte. „Ja, es existieren eine Handvoll Drohbriefe."

„Oh Gott! Warum hat sie nicht Hilfe geholt?" Finley hob die Mütze auf und schaute Jay mit großen Augen an. „Die sind nicht von mir, ehrlich. Ich wollte ihr nie was Böses."

„Dennoch erwähnte Lyla ihrer Schwester gegenüber, dass Sie ihr unheimlich waren." Das führte Jay ruhig an und ließ Finley dabei nicht aus den Augen. „Irgendwie aufdringlich. Ihr ständiger Schatten, hat sie gesagt."

Finley errötete und murmelte kleinlaut. „Das war nicht meine Absicht."

So, so. „Warum haben Sie sich vorhin im Teegeschäft so seltsam verhalten?"

Und das wars mit der Ehrlichkeit. Finleys Miene verschloss sich.

„Geht niemanden was an", presste er hervor.

„Was nicht gerade auf Ihre Unschuld schließen lässt."

„Aber ich bin unschuldig!", schrie Finley. „Ich habe sie nicht getötet. Ich wollte sie schützen. Alles andere ging nur sie und mich was an, und wenn es keinen Beweis gegen mich gibt, was es nicht geben kann, weil ich unschuldig bin und zur Tatzeit sowieso woanders war, dann werde ich jetzt gehen."

Er sah Jay trotzig ins Gesicht und so leid es diesem tat, er hatte das Recht dazu. Diese vermaledeiten Beweise. Er trat zur Seite und ließ Finley passieren. „Ich melde mich wieder, sobald ich die Beweise habe."

Finley setzte sich die Mütze auf den Kopf und ging rückwärts zur Tür hinaus, die Augen auf Jay geheftet. Eineindeutig, an dem war was faul ...

Jay trat hinter ihm hinaus auf die Straße, sah ihm mit gerunzelter Stirn hinterher. Was war an ihm faul?

„Hat etwa Finley etwas mit dem Mord an Lyla Bloom zu tun?"

Jay zuckte zusammen, hochgeschreckt aus seinen verknoteten Gedanken. Vor ihm stand die junge Mrs Nelson, die Frau des Postboten. Sie schob einen altmodischen Buggy vor sich her, in dem ihr vierjähriger Sohn Andy saß und mit irgendeinem silbrigen Gegenstand spielte. Einen Atemzug lang sah ihm Jay dabei zu, wie die Hände das Ding mit dem runden Kopf auf und zuklappen ließen.

Jay räusperte sich, richtete seine Augen auf Mrs Nelson. „Dazu kann ich während laufender Ermittlungen leider keine Auskunft geben."

Was Mrs Nelson verstand – eine erfreuliche Ausnahme. Sie tauschten noch ein bis zwei Nettigkeiten aus, vornehmlich über das Wetter, und verabschiedeten sich voneinander.

Ihre Frage war berechtigt. Hatte Finley etwas mit dem Mord zu tun? Zweifellos war an ihm was faul. Trotzdem war er der Erste, dem Jay glaubte. Was den Mord betraf. Ja, er hatte etwas mit Lyla zu tun gehabt, ihn des Mords zu bezichtigen wagte Jay nicht. Bedachte man es genau, war das eine unerfreuliche Erkenntnis. So ehrlich musste er mit sich sein.

Kapitel Sechs

Finley Odell stürmte aus dem Polizeipräsidium. Es sah so aus, als wäre es DCI Jameson ein weiteres Mal gelungen, sich einen Feind zu machen. Bald würde ihn halb Snugford hassen, machte er so weiter.

Weil er so gut wie jeden verdächtigte, nahm er sie dann in seinen Verhören sinnlos in die Mangel. Wobei das nicht der korrekte Ausdruck war. Maggie schüttelte den Kopf. Mit seiner Art hätte er sich wahrscheinlich noch auf ewig von Rowan Flemming beleidigen lassen, wäre sie nicht eingeschritten! Schön und gut, die Sache mit dem Wasserzeichen hatte sie überrascht und flüchtig beeindruckt. Alles, was danach gekommen war, dafür umso weniger.

Warum sie die Kerle verhörten, war ihr schleierhaft. Deshalb hatte sie den sanftmütigen Joshua Smith auch nicht erwähnt, von dem sie annahm, er wäre der letzte Verehrer in der Reihe. Sie ging einfach nicht davon aus, die würden einen Mord begehen. Das ergab hinten und vorne keinen Sinn. Sie mussten sich endlich auf das Wesentliche besinnen. Die Drohbriefe, zum Beispiel.

„Huch!"

Offenbar war Schusseligkeit übertragbar, war man ihr länger als zehn Minuten ausgesetzt. Finley war nach seinem wütenden Davonrauschen aus dem polizeilichen Verhör mit Liv zusammengestoßen. Diese lachte auf, nahm es ihm nicht übel, dass er ihr auf die Pumps getrampelt war. Sie fand es anziehend an Männern, wenn sie Damen die Zehenspitzen zermalmten. Er entschuldigte sich und hastete weiter.

„Hey, warte, du hast etwas fallen ...“ Mitten im Ruf verstummte Liv und betrachtete, was ihm aus der Jackentasche gerieselt war. „Sieh mal, Maggie.“

Die Angesprochene beugte sich über die Schnipsel in ihrer Hand. Sie tauschten einen Blick. Binnen von Sekunden war Finley für sie um ein Vielfaches interessanter geworden. Bei den zusammengeknüllten Schnipseln handelte es sich um Zeitungspapier, einzelne Buchstaben fehlten, manchmal ganze Wörter oder ein Bild. Genau wie in den Drohbriefen.

„Wer weiß, vielleicht ist diese Spur ausnahmsweise nicht kalt.“ Liv blickte Finley aus schmalen Augen hinterher.

„Du sagst es.“ Maggie erinnerte sich, dass ihr Finley bereits an Lylas Beerdigung verdächtig erschienen war, und etwas stimmte seither nicht mit ihm. Er war sonst vollkommen ausgeglichen. „Gechillt“, wie die Jugend es nannte. „Was denkst du, sollen wir ihm folgen?“

Natürlich sollten sie das. Irgendwer musste die Ermittlungen schließlich vorantreiben.

Finleys Gang entschleunigte sich auf halber Strecke zu seinem Haus und er fand in sein normalgediegenes Schritttempo, für das man ihn kannte. Maggie ließ sich dennoch nicht täuschen. Er wirkte unruhig, nahm die Mütze ab, kratzte sich einmal am Hinterkopf und setzte sie wieder auf, als er sein Heim erreichte. Er lebte dort mit seinem Vater. Seit dessen Unfall als Gleisarbeiter bei der Bahn war er frühverrentet und froh um Finleys

Unterstützung. Im Grunde passte dieser daher nicht in das Bild eines Verbrechers, viel zu sozial und nett, aber das sollte nichts heißen.

Nun sah er sich einmal um und schlug den Weg zum väterlichen Gartenhäuschen ein. Es war dieses mehrfache Umschauen, als wollte er sichergehen, dass ihm niemand auf den Fersen war, das Maggie dazu veranlasste, aus ihrem Versteck hinter den Garagen zu treten und ihm zu folgen. Liv hielt sie zurück.

„Wenn du dich jetzt ins Gartenhaus stiehlst, wird er es merken. So hohl ist er nicht. Lass uns warten, bis er wieder rauskommt.“

Ein Plan, dem Maggie zustimmen musste, so sehr die Neugier sie gepackt hatte. Zumal er eine halbe Ewigkeit nicht mehr herauskam.

„Was treibt er da drin? Vergräbt er die Mordwaffe?“ Maggie stellte sich auf die Zehenspitzen. Sinnlos, das änderte nichts an ihrer Sicht. „Hätten wir nicht besser rüber schleichen und durch die Gewächshausfenster linsen sollen?“

Liv stöhnte. „Mädchen, du bist ungeduldiger als ein Kleinkind.“

„Blödsinn.“ Maggie war nicht ungeduldig, nein, das Alter hatte ihr ein ruhigeres Gemüt beschert. „Ich bin umtriebig. Was bedeutet, dass ich es nicht leiden kann, zu lange im Ungewissen zu bleiben.“

„Wir werden schon noch erfahren, was ...“

Das Geklimper von Livs Handy unterbrach sie mitten im Satz, und in diesem Moment war Maggie froh, dass sie Finley nicht gefolgt waren. Es hätte sie definitiv verraten.

„Warum schleppst du dieses Ding immer mit dir herum?"

Sie rümpfte die Nase, als Liv es aus ihrer Handtasche fischte und ihr einen Augenaufschlag schenkte.

„Das ist der Sinn und Zweck von Handys. Auch unterwegs erreichbar zu sein."

Der praktische Nutzen war ihr bekannt, es störte lediglich die Ermittlungen.

„Ah, bonjour, chéri!" Liv legte die Hand auf das Handy und raunte Maggie zu: „Es ist unser kleiner Franzose. Der den Führerschein vergessen hat!"

Etwas anderes hätte Maggie nicht erwartet. Liv hatte, um besser mit ihm kommunizieren zu können, in den letzten Tagen ein paar Brocken Französisch gelernt. Sie konnte die ewige Flirterei einfach nicht lassen. Während sie dem mit ihrem Weichspüleakzent nachkam, heftete Maggie ihre Augen wieder auf das Gartenhaus. Ob sie nicht doch von hinten ... Aber der Gedanke verflüchtigte sich, als Finleys Ballonmütze im Türspalt erschien und Sekunden darauf der Rest von ihm. Schnellen Schrittes verließ er den Garten und schlug die Richtung zum Dorfkern ein. Maggie tippte Liv auf die Schulter.

„Ich gehe rein, folge du Finley und behalte ihn im Auge."

Liv war zum Glück auch während eines ausgiebigen Flirtgesprächs volleinsatzfähig und nickte, ging im Schlenderschritt hinter Finley her, als würde sie rein zufällig in dieselbe Richtung gehen. Perfekt.

Maggie wartete, bis beide um die Ecke verschwunden waren, ehe sie sich dem Gartenhaus näherte. Die Odells pflegten eine typisch englische Gartenkultur, in der nichts einer geometrischen Symmetrie folgte und alles natürlich wuchs. Womöglich etwas zu natürlich. Unkraut zählte augenscheinlich dazu und wurde ebenso wenig eliminiert wie die Schneckenkolonie, die sich durch den Vorgarten fraß.

Bevor sie die Tür des Gartenhauses aufzog, atmete Maggie einmal tief durch. Nicht weil sie nervös oder schuldbewusst darüber war, ihren ersten Einbruch zu begehen, sondern weil es einen gewissen Nervenkitzel mit sich brachte, der ihr sehr entgegenkam. Sie tat dies schließlich im Dienst für eine gute Sache.

Sie zog die Klinke herab und schlüpfte hinein. Ein Raunen entfuhr ihrer Kehle. Es überraschte sie, was sie vorfand. Im Innern des Gartenhauses herrschte erstaunliche Ordnung. Sämtliche Utensilien, die es zum Gärtnern brauchte, standen übersichtlich in Regalen, alles war penibel in Schachteln und Dosen verstaut. Sollte Finley hier etwas versteckt haben, hatte er es bestimmt gewissenhaft gemacht.

Indem sie weiter in den Raum hineinschritt, bemerkte sie eine leichte Temperaturveränderung, wie es bei Gewächshäusern üblich war, und als sie durch eine weitere Tür mit Kunststoffeindeckung trat, hielt sie stutzend inne. Dieser Geruch ...

Maggie musste nicht lange schnuppern, er drängte sich ihr förmlich auf. Nicht unbedingt das Odeur, das sie erwartet hatte, und vielleicht hätte sie sich schämen müssen, ihn sofort einordnen zu können. Aber sie war vierundsechzig Jahre alt und in ihrer Jugend keine vollkommene Heilige gewesen. Bedachte man den Zeitgeist der magischen Siebziger erst recht. Scharf und aromatisch lag es in der Luft, ein bisschen erdig und holzig.

Maggie ging weiter, stellte mit einem Auflachen fest, dass sie sich nicht geirrt hatte. Das gesamte Gewächshaus bestand ausschließlich aus Hochbeeten, in denen die unzähligen grünen Pflanzen mit ihren gefingerten und gesägten Blättern wuchsen und diesen unverkennbaren Geruch verströmten. Mittels Zeitschaltuhren sorgte Finley dafür, dass sie durch Kompaktleuchtstofflampen ausreichend Licht erhielten. Nicht zu fassen. Jetzt wusste Maggie auch, woher er seine Gemütsruhe hatte. Finley Odell versteckte im Gartenhaus seines Vaters eine Cannabisfarm! Nicht, dass sie ihn dafür verdammen würde. Legal war das alles trotz neuer Überlegungen immer noch nicht. Womit sich Finley mit seinem professionellen Anbau und Besitz von Cannabis strafbar machte. Immerhin handelte es sich hierbei nicht um ein paar wenige Gramm.

„Tja, tja, tja.“

Maggie streckte die Hand nach einer der Pflanzen aus, rieb das grüne Blattwerk zwischen ihren Fingern. Dabei fiel ihr die Beschriftung des Hochbeets auf. Sie bestand nicht aus simplen gedruckten Schildern, nein, die Schrift darauf sah wie mit Schreibmaschine gedruckt aus. Bei näherem Hinsehen realisierte Maggie, dass Finley sie akribisch aus Zeitungsbuchstaben zusammengesetzt hatte. Interessant. Waren sie einer falschen Spur gefolgt oder bewies diese Vorliebe für Zeitungsschnipsel, dass er die Drohbriefe verfasst hatte?

Maggie ließ den Blick über die Pflanzen gleiten. Wer hätte es gedacht? Snugford war weit weniger verschnarcht als vermutet. Oder dieses Zeug trug erst recht dazu bei. Ihr Kichern verwandelte sich in ein Keuchen, als sie von einem stechenden Schmerz überrascht wurde, der sich über ihren Hinterkopf zog. Ihr Blick trübte sich, das Gewächshaus kippte – nicht, das Gewächshaus, sie kippte! Den Aufprall spürte sie nicht mehr, die Sinne schwanden ihr noch im Sturz.

***

Maggie benötigte nicht lange, um ihre Orientierung zu finden. Noch mit geschlossenen Augen wusste sie, dass sie sich weiterhin im Gewächshaus befand. Wie zu erwarten mit Kopfweh, zu dem sich ein weiterer Schmerz gesellte. Er pochte durch ihre Handgelenke und zog sich hinauf zu den Schultern. Beim Versuch, sie zu straffen, verstärkte er sich und Maggie erkannte, wie sehr sich ihre Bewegungsfreiheit eingeschränkt hatte. Sie saß auf einem klapprigen Gartenstuhl, seine Lehne bohrte sich in ihr Kreuz und die Hände waren auf den Rücken gefesselt. Sie schlug die Augen auf, das Licht der Leuchtstofflampen blendete sie und sie blinzelte tapfer, um sie offen zu behalten. Sie fühlte sich benommen und als müsste sie sich jeden Augenblick übergeben. Die Augen brannten beim Versuch, sie nicht wieder zu schließen. Nicht weit von ihr stand Finley und benetzte mit einer Sprühflasche die Blätter seiner Cannabispflanzen.

Maggie atmete tief durch, schüttelte die aufwallende Übelkeit ab und bemühte sich um ihre gewohnte Unerschrockenheit. Das war bloß Finley, den sie kannte, seit er ein kleiner Junge war und sogar ab und an auf ihn aufgepasst hatte. Dass er sie niedergeschlagen und gefesselt hatte, änderte nichts. Mit dem Burschen kam sie klar, wäre ja gelacht! „Du bist gut dabei, Finley", sagte sie deshalb mit fester Stimme. „Mord an einer Teeladenbesitzerin, illegaler Anbau von Cannabis und zu guter Letzt Entführung einer alten Dame."

Finley zuckte zusammen, als sie ihre Worte an ihn richtete, und stellte die Sprühflasche ab. Er warf ihr einen wehmütigen Blick zu und schüttelte den Kopf.

„Siehst du, Maggie, deshalb habe ich dich nicht gehen lassen. Dabei hätte ich mehr von dir erwartet." Er seufzte und lehnte sich gegen das Hochbeet direkt vor ihr. „Falsche Schlüsse zu ziehen, hast du dir vom Detective Chief Inspector abgeschaut, was?"

Sie hob fragend eine Braue. „Welcher meiner Schlüsse ist falsch?"

„Zwei von drei. Erstens: Ich habe Lyla nicht umgebracht. Ich dachte, die Welt gerät aus den Fugen, als ich von ihrem Tod erfuhr. Okay, zweitens stimmt, Cannabis baue ich an, das ist offensichtlich und bedarf keiner besonderen Beobachtungsgabe. Ehe du mich verurteilst, ursprünglich kam ich auf die Idee, das Zeug schmerzlindernd für Dad einzusetzen. Seine Schmerztherapie springt nicht an und die vielen Medikamente sind mindestens genauso schädlich wie Cannabis. Was drittens die Entführung angeht, davon kann keine Rede sein. Du bist schließlich freiwillig hier aufgetaucht."

Maggies Kopf tat höllisch weh, weshalb sie sich berechtigt sah, zu erwidern: „Was nichts daran ändert, dass ich jetzt gefesselt auf einem Stuhl sitze. Mit einer halben Gehirnerschütterung."

„So hart habe ich gar nicht zugehauen und dich aufgefangen, ehe du stürzen konntest." Aha. Wollte er sich jetzt als Gentleman verkaufen? „Das vergeht schon wieder. Außerdem: Was hättest du denn an meiner Stelle gemacht?" Er stöhnte. „Stehst da plötzlich in meinem Gewächshaus und findest Dinge raus, die dich nichts angehen."

Unter diesem Gesichtspunkt konnte sie ihn verstehen, allerdings ...

„Ich hätte zunächst mal die Tür verschlossen, wenn ich schon ein Geheimnis dieser Größenordnung züchte, und wahrscheinlich hätte ich es mit Reden und nicht mit Gewalt versucht."

„Wir reden ja."

Maggie lachte trocken. „Auf eine betrüblich eingeschränkte Art und Weise."

Er zuckte mit den Schultern. „Zum Reden braucht man keine Hände, und fürs Erste reicht es in deinem Fall, zuzuhören. Ich weiß nicht, wie du und dieser Stümper auf den Gedanken kommt, ich könnte Lyla umgebracht haben. Feststeht, ich war es nicht. Ich habe sie geliebt. Wie eine Pflanze die Sonne, so wie die Bienen ihre Blüten. Mit ihrem Lächeln hat sie alles und jeden in ihrer Umgebung aufgewertet. Auch mich. Wieso in Gottes Namen hätte ich sie töten sollen?"

Ach, herrje, du meine Güte! Maggie hatte sich geirrt – ebenso wie Zoey. Für einen Moment vergaß sie sämtliche Schmerzen und stieß hervor: „Du bist der blumige Briefeschreiber, habe ich recht?"

Sie hatte Joshua Smith zu Unrecht verdächtigt. Finleys Worte enttarnten ihn. Er hatte Briefe geschrieben wie ein Weltmeister!

„Woher weißt du davon?“

„Sie wurden in Lylas Schublade sichergestellt. Ich habe lediglich nicht angenommen, sie wären von dir.“

Er lachte freudlos. „Ja, den Poeten traut mir keiner zu, ich weiß. Dabei bin ich relativ romantisch veranlagt. Die Briefe habe ich ihr immer unbemerkt in die Kaffeekasse geschoben. Ich wollte damit aufhören, nachdem ...“ Er seufzte. „Jetzt, wo du ohnehin schon alles weißt, kann ich es dir ja verraten. Ich habe Lyla am Tag vor ihrem Tod von meiner kleinen Farm hier erzählt. Ich wollte mit ihr zusammen eine neue Teesorte kreieren. So ein bisschen Cannabis untermischen. Ich fand es eine coole Idee.“

Das leugnete Maggie nicht. Sie selbst war neuen Ideen gegenüber aufgeschlossen und bislang hatte das meiste, was Finley sagte, Hand und Fuß für sie. So einen Tee hätte vielleicht sogar sie getrunken.

„Wie hat sie reagiert?“

„Verhalten. Irgendwie süß und nett wie immer, aber wahrscheinlich war es ihr doch nicht geheuer. Der Detective Chief Inspector erwähnte, dass ich ihr unheimlich gewesen bin. Vielleicht deswegen.“ Eher nicht. Maggie verwettete ihren pochenden Kopf, dass dafür seine Liebesbekundungen und die ständige Präsenz verantwortlich gewesen waren. „Ich wollte vorhin im Teeladen rausfinden, ob Lyla ihrer Schwester meine Idee anvertraut hat und wie die dazu steht. Ich wollte nicht verpfiffen werden. Dann standet plötzlich ihr da rum und ich habe mich komplett bescheuert verhalten. Seid ihr deshalb hinter mir her?“

Maggie verzog unschlüssig das Gesicht. Kein Mensch wusste so recht, was in DCI Jameson vor sich ging. Sie war einer anderen Spur gefolgt. Der aus Papierschnipseln. Sie erinnerte sich, dass Liv sie ihr gereicht hatte und sie nun in ihrer Tasche steckten.

„Nein, nicht deshalb. Du hast etwas verloren und dem sind wir gefolgt. Wenn du in meine Jackentasche greifst, kann ich es dir erklären."

Er runzelte die Stirn und folgte der Aufforderung. Beim Anblick der Zeitungsschnipsel schaute er sie an. „Was soll an meinem Abfall verdächtig sein?"

„Das ist kein Abfall, oder? Du benutzt es doch für irgendwas."

Finley nickte verständnislos. „Für die Beschriftung der Beete, ja, aber das ist eine Spielerei. Wieso ...?"

Maggie seufzte. Die Spur war nicht unbedingt kalt, dafür befand sie sich hier in zu tropischen Gefilden. Trotzdem konnte es sich bei Finley weder um den Drohbriefschreiber noch den Mörder von Lyla handeln. Das verriet ihr seine Reaktion.

„Die Drohbriefe, die Lyla Bloom erhalten hat, sind ebenfalls dieserart verspielt. Du wirst verstehen, dass dich das überaus verdächtigt macht. Oder wie viele Menschen denkst du, folgen so einem aufwendigen Hobby?"

„Woher soll ich das wissen? Ist ja ein klassisches Klischee, die so zu schreiben. Ich habe damit jedenfalls nichts zu tun. Ich würde niemals Drohbriefe schreiben, niemals! Schon gar nicht Lyla."

Maggie tendierte stark dazu, von einem dummen Zufall auszugehen.

„Im Übrigen fragt man als erstes nach dem Alibi eines potenziellen Verdächtigen. Welches ich habe. Ich war mit Dad bei Doktor Flight."

Finley schloss seine Verteidigungsrede ab und verschränkte die Arme vor der Brust. Es schmerzte Maggie, ihm in diesem Punkt recht geben zu müssen.

Nichtsdestoweniger rutschte ihr zu ihrer Verteidigung heraus: „Wenn man mit auf dem Rücken gefesselten Händen zu sich kommt, und sich am liebsten übergeben würde, wird ein Alibi plötzlich unwichtig. Man ist überzeugt, einem Verbrecher gegenüber zu stehen." Oder zu sitzen.

Finley zuckte mit den Schultern und nickte. Sie sahen einander an.

„Und was jetzt? Ich habe ehrlich gesagt nicht richtig darüber nachgedacht, was ich mit dir anstellen soll … aber ich bin kein Krimineller, also …"

Maggie hatte definitiv genug davon, dass ihre Blutzirkulation von seinem Pflanzendraht unterbrochen wurde, und benötigte dringend etwas für die Kopfschmerzen. Daher erklärte sie: „Ich schlage vor, du bindest mich los, wir verlassen diesen Ort und du gibst beim DCI zu Protokoll, dass du ein Alibi hast. Er wird es überprüfen und die Sache ist erledigt. Von deinem Geheimprojekt muss niemand etwas erfahren." Sie schaffte es, zu zwinkern.

Finley verengte die Augen zu Schlitzen. „Im Ernst?"

„Im Ernst."

Er zuckte noch einmal mit den Schultern. „Da soll noch mal einer sagen, alte Leute seien Moralapostel." Guter Junge. Sie kannte doch ihre Pappenheimer. Er griff nach seiner Gartenschere und sah sie an. „Deal."

Leider platzte der etwa zehn Sekunden später. Ziemlich lautstark und durchaus effektvoll.

Finley hatte sich eben zu ihr herabgeneigt, um sie von ihren Fesseln zu befreien, als die Tür des Gartenhauses aus den Angeln gerissen wurde. Fast zeitgleich stürmte DCI Jameson in den Raum und strahlte eine Autorität aus, die ihm niemand zugetraut hätte. Hinter ihm im Vorraum erschien eine aufgelöste Liv, bewaffnet mit einer Gartenschaufel. Sie musste Finley beobachtet haben, wie er ins Gartenhaus gegangen war, und den Detective Chief Inspector zur Hilfe geholt haben. Der ausnahmsweise einen professionellen Auftritt hin-legte.

„Im Namen des Gesetzes verhafte ich Sie wegen Mor-des an Lyla Bloom und Geiselnahme Maggie Rosen-burns, Finley Odell!" DCI Jameson verlieh seinen Wor-ten dadurch Ernsthaftigkeit, dass er seine Pistole auf Finley richtete. „Waffe fallen lassen!"

Maggie wusste nicht, ob er des Schießens mächtig war, aber in diesem Augenblick hätte sie es besser nicht darauf ankommen lassen wollen, es herauszufinden. Finley war derselbe Gedanke gekommen. Er warf die Gartenschere zu Boden und hob beide Hände über den Kopf. „Ich kann das erklären."

„Das werden Sie müssen. Dieses Mal in einer Zelle!"

„Gemach, gemach, ich denke nicht, dass es so weit kommen muss. Finley ist unschuldig."

Maggie konnte das nicht so stehen lassen und trotz ihres Zustandes sprach sie klar und deutlich. Sowohl DCI Jameson als auch Liv starrten sie perplex an. Ver-ständlich, wenn diese Worte von jemandem kamen, der mit blassem Gesicht inmitten einer Rauschgiftplan-tage auf einem Stuhl gefesselt saß. Sie mussten annehmen, sie hätte bereits ein positives emotionales Verhältnis zu ihrem Peiniger aufgebaut und leide unter dem Stockholm-Syndrom. Für so einen Quatsch war Maggie zu alt.

„Lasst eure Waffen sinken und befreit mich endlich von den Fesseln und dann reden wir bei einer Tasse Tee darüber." Und einer Kopfwehtablette.

Auf DCI Jamesons Stirn erschienen jene Furchen der Irritation, die sie bei ihm mindestens drei Mal täglich beobachtete. Vermutlich gehorchte er deshalb und steckte die Pistole weg, derweil Liv die Gartenschaufel an die Wand lehnte und Finley endlich Maggies Fesseln löste.

„Ist das Cannabis, was ich hier rieche?", erkundigte sich Liv und trat in das Gewächshaus. Ihre Augen weiteten sich und ihr entwich ein leiser Pfiff.

„Blödsinn, das ist …"

DCI Jameson unterbrach sich und schenkte dem Innenleben des Gewächshauses seine volle Aufmerksamkeit. Nicht einmal ihm dürfte die Cannabispflanze unbekannt sein. Er öffnete den Mund und reflexartig zuckte seine Hand wieder zu seiner Pistole. Maggie legte ihm ermattet die Finger auf die Schulter.

„Hören wir erst einmal, was der junge Mann zu sagen hat. Ich finde es sehr interessant. Das Bewerten können wir auf später verschieben."

Kapitel Sieben

Dieses Snugford konnte einem Mann den letzten Nerv rauben. Wie vielen Spuren war er erfolglos nachgegangen? Wie konnte sich ein Mörder in einem derart überschaubaren Nest so gut tarnen, und weshalb tauchten plötzlich überall Verdächtige auf, die sich dann als schuldfrei herausstellten?

Er hätte zur Befriedigung seiner Ehre als Detective Chief Inspector wenigstens Finleys Drogenhöhle hochgehen lassen können – stattdessen hatte er es zur Befriedigung seiner Ehre als mitfühlender Mensch dabei belassen und ihn mit einer mündlichen Verwarnung davonkommen lassen. Immerhin nutzte er seine Erzeugnisse, um seinem Vater Schmerzlinderung zu verschaffen. Dieser und Doktor Flight hatten Finleys Alibi bestätigt. Womit Jay wieder bei null angekommen war.

Null Beweise, null Spuren, null Nerven.

Zoey Bloom musste annehmen, dass er vollkommen inkompetent war. Nicht, dass er sich je für überbefähigt gehalten hätte. Überlegte er es sich recht, traf das in seinem Leben auf keine Tätigkeit zu, die er ausgeübt hatte – was vielleicht der Grund für sein häufig wechselndes Standbein war. In beiden Sinnen des Ausdrucks.

Gerade tat er es wieder, stand am Fenster des Raumes im B&B, das ihm als zweites, weitaus übersichlicheres

Büro diente, und verlagerte sein Gewicht auf das linke Bein. Er sollte sich diese Marotte abgewöhnen und Standfestigkeit beweisen. Auf beiden Beinen. Sein erster Mentor war immer breitbeinig durch die Gegend marschiert, was manchmal den Eindruck erweckte, er besäße ein zu großes Gemächt. Wobei sich letztlich alle davon überzeugen konnten, dass es sein mächtiges Hirn war, das die Fälle löste – mit einer Brillanz, die Jay bis heute bewunderte. Bei ihm hatten sich Ermittlungen immer so klar, so logisch abgespielt. Ein Puzzleteil hatte ins nächste gegriffen und der Fall innerhalb kürzester Zeit ein Profil erhalten.

Jay war schon wieder so weit von seinen Anfangsüberlegungen abgedriftet, dass er nicht einmal mehr wusste, wie er auf seinen Mentor gekommen war, und in puncto Lyla Bloom verhielten sich alle Puzzleteile noch ungemischt. Er seufzte, lehnte den Körper aufs rechte Bein.

Er sollte eine Runde drehen, den Kopf freibekommen und alle Teile einzeln ordnen. Jawohl.

Er schnappte sich seine Jacke und verließ ohne Schlüssel das B&B.

Gut. Puzzleteiltrennung. Erstens; linke, obere Ecke: Er hatte Liebesbriefe. Zweitens; rechte obere Ecke: Er hatte Drohbriefe. Drittens; linke, untere Ecke: Es fehlten Gegenstände in Lyla Blooms Geschäft. Viertens; rechte untere Ecke: Es fehlte die Mordwaffe. Da sollte er als Nächstes ansetzen. Am besten noch mal im Tee…

„Hopsala!" Von seinen Überlegungen vollkommen in Beschlag genommen, war er mit jemandem zusammengestoßen. „Verzeihung, ich war so in Gedanken … versunken."

Er brabbelte drauflos, der Satz verdünnisierte sich im Ausklang, als er in Zoey Blooms walnussbraune Augen schaute und dabei blinzelte. Anschließend tauchte er blitzschnell ab, um ihre Einkäufe einzusammeln, die bei ihrem Zusammenstoß zu Boden gefallen waren. Er häufte das Teesieb, den Löffel und die Schaufel in seine Hand, Teesieb und Schaufel entglitten ihm. Er nahm das Teesieb und umschloss es mit dem kleinen Finger, die Schaufel plumpste abermals zu Boden. Er hob eine der Dosen auf und sah dabei zu, wie sich das Teesieb von seinem kleinen Finger löste. Der Löffel folgte ihm.

„Ach, das tut mir leid, ich weiß nicht, was los ist, normalerweise bin ich nicht so schusselig. Das …“ Er schaffte es, den Becher zu erwischen, ehe er auf den Asphalt knallte, und legte ihn rasch zurück in Zoeys Korb. „Ich denke, es hängt damit zusammen, dass, oops, ich so viel, ehm …“

Er verstummte, als sich Zoey kichernd zu ihm in die Hocke begab und ihm die beiden Holzlöffel aus der Hand nahm.

„… Sie so viel im Kopf haben?“

Er nickte zustimmend. Vortrefflich formuliert.

„Sie haben den Bestand aufgestockt. Der gemopst wurde.“

Zoey unterdrückte ein Auflachen und nickte. „Ja, ich habe die ‚gemopsten‘ Sachen ersetzt.“

Sie erhoben sich, nachdem es Zoey größtenteils allein zustande gebracht hatte, ihre Utensilien wieder in den Korb zu befördern.

„Tut mir leid“, beteuerte Jay noch einmal, immer noch mit einer der neuen Gerätschaften in der Hand. Ein gelbes Etwas, das er einfach nicht losließ.

„Kein Problem. Wie Sie sagten, haben Sie gerade viel im Kopf. Vergessen Sie dabei nicht, dass die Augen auch dazugehören." Sie zwinkerte.

Niemand hatte ihm jemals einen so reizenden Verhaltenstipp erteilt.

„Ja, in der Tat. Das sollte ich im Kopf behalten. Oder die." Er hüstelte. Sie lächelte. „Danke für den Hinweis. *Glücklich sind, die erfahren, was man an ihnen aussetzt, und sich darnach bessern.*"

Oh nein, hatte er schon wieder Shakespeare zitiert? Bei ihr sollte er das wirklich unterlassen, sie musste ihn für verkopft genug halten, da kam ihm ein Verseschmied, so brillant er war, nicht zupass.

„Haben Sie zu jeder Situation ein passendes Shakespeare-Zitat parat?", erkundigte sie sich mit einem Lächeln.

Er seufzte peinlich berührt. „Anzunehmen. Es tut mir leid, seine Worte kommen mir leichter über die Lippen als meine eigenen. Dumme Angewohnheit."

Sie winkte ab. „Eigentlich ist sie ganz süß."

Er konnte nicht einordnen, ob das aus dem Mund einer Frau ein Kompliment war. Hätte er sie, oder vielmehr ihr Lächeln, als süß bezeichnet, wäre es eindeutig ein Kompliment. Süß und wunderhübsch war es, dieses Lächeln, aber umgekehrt konnte das Attribut süß bei einem Mann eher auf Schwäche oder Idiotie hindeuten ... was zutreffend wäre, zumindest in ihrer Gegenwart. Er fand nicht, dass er sich dieserart idiotisch verhielt, ging er seiner Arbeit nach. Jedenfalls weitete sie sich gerade aus, seine Idiotie, mit jeder weiteren Sekunde, in der er dachte, statt sprach und dabei dämlich lächelte.

„Ja." Das klang nicht besser. Dann lieber schweigen.

„Wie ich höre, haben Sie gestern ein kleines Abenteuer erlebt." Zoey war so nett, ihm entgegenzukommen, indem sie die Konversation weiterführte.

Er nickte und runzelte anschließend die Stirn. „Ja, woher wissen Sie davon?" Schließlich hatten sie sich darauf geeinigt, Finley straffrei davonkommen zu lassen und den Vorfall deshalb nicht aufzubauschen.

„Mrs Rosenburn hat es mir erzählt. Nachdem ihrer Freundin Mrs Oldstep in meiner Gegenwart herausgerutscht ist, dass sie seit Finleys Schlag ein bisschen neben der Spur sei." Sie kicherte. „Das hat sich die Gute nicht gerne sagen lassen, wie Sie sicherlich nachvollziehen können. Eine wie Mrs Rosenburn kennt schließlich keinen Schmerz was? Jedenfalls konnte ich meine Neugier nicht zügeln und so hat sie mich unter diesen Umständen und unter strenger Geheimhaltung eingeweiht. So gesehen, ist dieser Finley unschuldig. Verzeihung. Der falsche Hinweis kam von mir."

Jay schüttelte den Kopf. „So falsch war er ja nicht. Als ein unbeschriebenes Blatt kann man Finley immerhin auch nicht bezeichnen."

„Trotzdem haben Sie die Dame letzten Endes gerettet."

Jay lachte auf. „Na ja, ja, ein bisschen."

Das Gespräch nahm fast positive Züge an, wenn sie ihm den Vorfall so auslegte. Einen Moment lang verlor er sich in der Vorstellung, sie zu fragen, ob sie sich vielleicht mal privat sehen wollten ... Gerade rechtzeitig fiel ihm ein, dass das unprofessionell wäre. Zumindest, solange er den Mord an ihrer Schwester untersuchte.

„Geht es seither mit den Ermittlungen voran?"

Genau diese Frage hätte er verhindern sollen. Jetzt musste er zugeben, dass es überhaupt nicht voranging. Seine Finger spielten mit dem Ding in seiner Hand.

„Na ja, nein, ein bisschen", redete er sich heraus, „ich gehe gerade der Mordwaffe nach und ..." Etwas pikte ihn in den Finger und sein Blick erfasste den Gegenstand in seiner Hand. „Was ist das eigentlich?"

Zoey lachte. „Ein Teesieb. Oder eine Siebzange. Eigentlich sehr praktisch, weil so vielseitig einsetzbar. Sehen Sie." Sie löste den Gegenstand aus seinen Fingern und drückte die Griffe zusammen, sodass sich zwei Halbkugeln aus dem ehemals kreisrunden Kopf ergaben. „Man kann die Teezange nicht nur als Tee-Ei einsetzen, sondern gleichzeitig als Gewürzkugel oder zum Aufbewahren von Duftstoffen. Lyla hatte eine aus Edelstahl. Ich ziehe die bunte der silbrigen vor."

Sie klackerte damit vor seiner Nase herum.

Jay lachte. „In der Tat ein nützliches Ding."

Er blinzelte. Erst jetzt, wo Zoey es auf- und wieder zuschnappen ließ, realisierte er, dass er es nicht zum ersten Mal sah. In silbern zwar, aber das entspräche dann vermutlich exakt dem Gegenstand, der Lyla entwendet worden war.

„Miss Bloom, ich habe ...", er unterbrach sich und strich sich die Haare aus dem Gesicht. „Gerade hat sich eine neue Spur offenbart, der ich dringend folgen muss."

Er schnappte sich die Teezange, und ohne ein weiteres Wort zu verlieren, trabte er los. Seine freie Hand fuhr in seine Jackentasche, um das zerfledderte Adressbuch hervorzuholen, in dem er angefangen hatte, die

Adressen jener Snugforder zu notieren, die im Dorfkern lebten und mit denen er bereits mehr als einmal gesprochen hatte. Immerhin hatte er sich vorgenommen, sie besser kennenzulernen. So als DCI.

„Nelson", murmelte er und fuhr mit dem Finger über die Namen, war sich sicher, diesen erst am Vortag notiert zu haben. „Nelson ... Hier. Robbie, Silvia und Andy."

Dass ihm das nicht sofort aufgefallen war, als er die gute Frau gestern gesehen hatte. Jay ging raschen Schrittes die Straße hinunter. Hinter sich hörte er Zoey Bloom, die ihm folgte. Er hätte sie zurückschicken sollen, aber in seinem Kopf ging er bereits das kommende Vorgehen durch und das machte diesen, um es in den Worten seiner Mitmenschen auszudrücken, mal wieder zu voll.

Er betätigte den Klingelknopf an der Tür der Nelsons mehrfach – aus Versehen, weil sich sein Finger zu fahrig verhielt. Entsprechend schnell öffnete sich die Tür und Silvia Nelson blickte ihn an. Sie trug einen Turban auf dem Kopf. Aha, eine heimliche Muslimin. Das äußerte er zum Glück nicht, denn in der nächsten Sekunde entdeckte er den Wedel in ihrer Hand und revidierte seine Meinung. Sie war beim Putzen.

„Ja, bitte? DCI Jameson?"

Wieso nannten ihn alle so? Er räusperte sich und strich sich das Haar zurück.

„Guten Tag, Mrs Nelson, ich bitte, die Unannehmlichkeiten zu entschuldigen. Ist Ihr Mann zu sprechen?"

Mrs Nelson schüttelte den Kopf. „Nein, er liefert noch die Post aus. Um diese Zeit etwa im Scheunenviertel, vielleicht finden Sie ihn dort." Sie zögerte, bemerkte

Zoey im Hintergrund und fuhr mit den Fingern durch den Staubwedel. „Was gibt es? Ist etwas passiert?“

Jay nickte. „Es wäre möglich. Wie standen Sie zu Lyla Blooms Tee?“

Mrs Nelson wirkte sichtlich verwirrt. Sie blinzelte mindestens vier Mal, bevor sie antwortete. „Oh, eh, ganz nett. Ich trinke lieber normalen Schwarztee oder Kaffee.“

Ja, das passte. „Verwenden Sie dafür Teesiebe?“

„Ich glaube nicht, wir haben Beutel.“

Aha. „Darf ich einen Moment eintreten?“

Mrs Nelson schielte an ihm vorüber zu Zoey und nickte zögerlich.

„Folgendes“, erklärte Jay ohne Umschweife, als er in den Flur getreten war, und hinter ihm Zoey Bloom. „Als wir uns gestern trafen, hatte Ihr Sohn diese Teezange in der Hand, Pardon, Siebzange.“ Er hob sie hoch, derweil er in die einzelnen Räume linste. „Nein, nicht diese, eine silberne. Die verblüffende Ähnlichkeit hat mit der entwendeten Siebzange Lyla Blooms“, redete er weiter. „Weshalb ich mich frage, wie diese in Ihren Besitz gekommen ist, wo Sie scheinbar keine verwenden.“

Durch die geöffnete Terrassentür erfasste er eine kleine Gestalt. Andy! Er rannte auf seinen Sandkasten zu, in der Hand eine geblümte Plastiktasse. Ohne zu zögern, ging Jay durch die Tür hinaus in den Garten und direkt auf den Sandkasten zu, in den Andy eben die Tasse geschleudert hatte, um ihr anschließend juchzend hinterher zu springen, sodass der Sand nur so spritzte.

„DCI Jameson, warten Sie, Andy ist sehr schüchtern!“

Eine Behauptung, die Jay nicht unterschreiben konnte, so wie der Kleine zu ihm hochsah, keine Minute eingeschüchtert durch den Auftritt eines fremden Mannes in seinem Spielbereich. Jay benötigte genauso wenig Zeit, um zu erfassen, welche besonderen Spielsachen Andy in seinem Sandkasten ausgebreitet hatte.

Lyla erwähnte Dosierlöffel in verschiedenen Größen, die plötzlich verschwunden waren. Einige Filter und Maßlöffel bzw. Schäufelchen fehlten ebenfalls auf mysteriöse Weise, ein Teesieb, einige Dosen und die Plastiktassen, hörte er Zoeys Stimme in seinen Erinnerungen widerhallen.

„Dosierlöffel, Dose, Filter, Schäufelchen, Plastiktasse", murmelte er und deutete der Reihe nach auf die im Sand verteilten Utensilien. Als krönender Abschluss steckte besagte Siebzange in einem großen Sandhaufen.

„Was würden Sie sagen, Miss Bloom, könnten das die verschwundenen Gegenstände Ihrer Schwester sein?"

Zoey trat neben ihn und nickte. Ihr Kopf fuhr zu Mrs Nelson herum. Jay wandte sich ihr desgleichen zu.

„Mrs Nelson, können Sie uns erklären, was dieses eher untypische Sandspielzeug bei Ihnen zu suchen hat?"

Mrs Nelson erbleichte. „Das ... wir haben nicht ... Andy, nimm das Ding aus dem Mund."

Andy hatte sich einen üppig mit Laub befüllten Löffel in den Mund geschoben.

„Aber ich hab gekocht. Ist lecker. Magst du probieren?"

Mrs Nelson lächelte mit zitternden Mundwinkeln. „Später vielleicht, Schatz."

Sie sah Jay mit geweiteten Augen an. „Sie müssen das verstehen, es war aus einer Not heraus.“

„Sie meinen: Notwehr?“

„Nein. Ich meine, dass ich mir nicht anders zu helfen wusste.“

So nannte man Mord neuerdings. Nie im Leben hätte er angenommen, dass Mrs Nelson dahintersteckte. Ihr Mann war einigermaßen kräftig, sie dagegen eine hagere Person und viel zu klein.

„Andy vergräbt so gerne Dinge. Er beruhigt sich so schön, wenn er im Sand spielt.“

Jays Kopf schnellte zu Andy herum. „Aha. Das bedeutet, würde ich nun in diesem Sandkasten graben, könnte ich da womöglich noch etwas anderes aus Lyla Blooms Teeladen finden, das Sie ihm zum Vergraben gegeben haben?“ Zoey hob einen Finger, doch er präzisierte weiter: „Etwas Massives, das eine tödliche Wunde verursachen könnte?“

Auch der Rest Farbanteil wich aus Mrs Nelsons Wangen. „Was? Ich bitte Sie.“ Rasch sah sie zu ihrem Sohn. „Andy, Schatz, würdest du mal eben reingehen?“

Der Kleine schüttelte den Kopf. „Nein.“

„Bitte geh rein, Mami kommt gleich.“

Andy verzog sein Gesicht zu einer Schnute. „Ich will nicht.“

„Du tust, was ich sage“, fauchte Mrs Nelson plötzlich sehr autoritär, „geh spielen oder Pippi machen, aber geh!“

Ihr Sohn schaute hoch, die kleinen Brauen zogen sich zusammen, und ehe ein Donnerwetter über ihn ergehen konnte, wackelte er davon.

Als er an Zoey vorbeiging, hielt er noch einmal an und fragte mit bangen Augen: „Muss ich die Sachen jetzt wieder hergeben? Man kann so viel besser damit spielen als nur mit den Stöcken und Blättern."

Zoey warf Jay einen Blick zu und ging neben Andy in die Hocke. „Sind die Sachen denn von dir?"

Andy schüttelte den Kopf. „Nein."

„Wer hat sie dir gegeben?"

Die Augen des Vierjährigen wurden schuldbewusst. „Niemand."

Zoey nickte langsam. „Du kannst es uns ruhig sagen, wenn dir deine Mama die Sachen gegeben hat."

Andy schüttelte erneut den Kopf. „Mama hat sie mir nicht gegeben, ich hab sie genommen. Aus dem Laden mit dem leckeren Geruch. Ich hab sie genommen, weil man so gut damit sandeln kann. Mama und Papa kaufen mir immer nichts davon."

Mrs Nelson sog geräuschvoll die Luft ein. „Andy ..."

„Schon in Ordnung." Zoey winkte ab. „Lassen Sie ihn ruhig erzählen."

Andy biss sich auf die Unterlippe. „Ich hab mit Mama gestritten. So lange bis sie gesagt hat, ich darf alles behalten. Die Frau vom Duftladen hat so viel davon."

Jay sah seinen Mordanschuldigungen dabei zu, wie sie kleiner und kleiner wurden.

„Weißt du, Andy, normalerweise geht so was nicht. Man nimmt nicht einfach Dinge, die einem nicht gehören. Das ist nicht in Ordnung", erklärte Zoey in diesem Mischton aus pädagogischer Strenge und Freundlichkeit. Die Lehrerin kam durch. „Ich hoffe, du weißt das."

Andy nickte mit hängenden Schultern.

„Fein. Weißt du was? Wir reden jetzt mit deiner Mama und vielleicht kannst du die Sachen ja doch behalten. Wenn du versprichst, es nicht wieder zu machen.“

Der kleine Junge nickte freudestrahlend, gab sein Ehrenwort und wuselte davon. Zoey erhob sich lächelnd.

Und von diesem Zeitpunkt an war alles nur noch peinlich. Es stellte sich heraus, dass Robbie Nelson trotz aller Gewissenhaftigkeit als Postbote katastrophal unterbezahlt wurde, dass Mrs Nelson ihre alte Arbeitsstelle nicht wiederbekommen hatte, sie knapp bei Kasse waren und Andy in einer schlimmen Autonomiephase. Weshalb sie es nervlich – und finanziell – nicht über sich gebracht hatte, ihn dazu zu bringen, Lyla Bloom die entwendenden Gegenstände wieder zurückzugeben. Es hatte auch kein Streitgespräch zwischen den Frauen gegeben, in dem Lyla Bloom Mrs Nelson stellte und dieser im Affekt die Hand ausgerutscht war. Wobei sich Jay verkniffen hatte, danach zu fragen, als herauskam, dass sie zur Tatzeit mit der halben Mutterschaft auf dem Spielplatz gewesen war. Ein felsenfestes Alibi. Er sollte wirklich anfangen, sich als Erstes danach zu erkundigen, ehe er sich so unsäglich blamierte. Vor Zoey Bloom.

So wird man alle Tage klüger!

Shakespeares Weisheiten halfen ihm heute reichlich wenig. Niedergeschlagen kehrte er nach diesem Arbeitstag zum B&B zurück. Die einzige Gewissheit, die er mit nach Hause nahm, war die, dass er es endgültig vergessen konnte, Zoey jemals privat treffen zu wollen.

Weder während noch nach den Ermittlungen im Mordfall ihrer Schwester. Sollte er die je abschließen.

Dem Klingeln an der Tür folgte keine Reaktion, dem-
nach war Mrs Maggie außer Haus. Seufzend griff Jay in
seine Tasche. Und seufzte noch tiefer. Auch das noch.
Er hatte den Schlüssel vergessen.

Am Himmel zeichneten sich erste Regenwolken ab.

Part Drei –

The band begins to play

Kapitel Acht

Einige Stunden früher und etwa sechs Meilen entfernt gönnte sich Liv eine wohlverdiente Auszeit. Immerhin waren die letzten drei Tage in Snugford aufregender gewesen als in drei Jahren! Erst diese Verfolgungsjagd des DCI, anschließend ihre eigene Beschattung Finleys, die in einer halben Entführung endete und letztlich nicht einmal die Lösung des Falls bedeutete. Weil Finley eben doch ein braver Junge war. Auf seine Art.

All das versetzte Livs Herz in Aufregung. Es hüpfte ständig. Nachts lag sie wach und hörte es in ihren Ohren. Tagsüber eilte es ihren Schritten voraus.

Sie wollte um jeden Preis herausfinden, wer die arme Lyla auf dem Gewissen hatte, aber sie sah ein, dass Körper und Geist zwischendurch Ruhe benötigten. Außerdem hatte sich Maggie mal wieder für irgendeine gemeinnützige Sache vom Kirchengemeinderat einspannen lassen und ganz ehrlich, wenn Liv die Wahl zwischen Altkleidersäcke-Schnüren und einem romantischen Ausflug mit William Coldblut hatte, musste sie nicht lange grübeln. Hinzu kam, dass das Wetter eine direkte Einladung an sie schickte, indem die Sonne verführerisch strahlte und der Himmel sein schönstes Blau zeigte. Die paar Wolken störten Liv mitnichten, als sie neben William in seinem Sportwagen saß und den

Hut mit einer damenhaften Geste gegen den Kopf drückte, um ihn nicht im Fahrtwind zu verlieren.

Es war ein himmlisches Gefühl, fast wie im Film. Sie fand, dass sie beide durchaus Leinwandpotenzial besaßen: beide gut aussehend, beide charmant und äußerst stilvoll. Liv jedenfalls würde sich den Film ansehen. Jetzt, wo er auch landschaftstechnisch etwas hermachte. Snugford war eines dieser langweiligen, austauschbaren englischen Dörfchen, aber prinzipiell hätte Liv den Nordwesten Englands nicht als uninteressant beschrieben. Die Küstenlandschaft war malerisch, vor allem bei Sonnenschein und diesem perfekten Windverhalten, das die Wolken genau zum richtigen Panoramabild hin und her schob. Die hügelige Grasgegend setzte sich auf diese Weise hübsch in Szene, von Flat Fell aus hätten sie heute bis auf die Ennerdale Fells und nach Grasmoor sehen können. Aber Liv war an diesem Tag wenig nach Wandern über grasbewachsenes Gelände. Sie sehnte sich nach Ruhe, Idylle und Romantik – mit einem verflucht heißen Lord an ihrer Seite.

Sie musterte ihn. Liv hatte schon viele Männer gehabt, dennoch war dieser hier etwas Besonderes. Der Erste, der sie verführte und bei dem sie nicht ständig kokettieren musste. Im Grunde musste sie bei ihm so gut wie überhaupt nichts tun, er trug sie auf Händen. Früher hätte die unabhängige Freiheitsliebende in ihr das nicht zugelassen, heute hingegen empfand sie es als angenehm und angemessen. Sie liebte es, ihn anzusehen und die Gewissheit in sich zu spüren, dass, sobald sie den Blick abwandte, er seinerseits sie musterte. Auf diese Weise verlief die Fahrt größtenteils schweigend, genossen sie in stiller Übereinkunft die zwanzig Minuten bis zur Fleswick Bay.

Liv war eine halbe Ewigkeit nicht mehr hier gewesen und blickte verzückt auf den Kiesstrand hinab, an dem sich die Wellen brachen. Rechts und links erstreckte sich die Steilküste, um die Papageientaucher und Seeschwalben kreisten. Ja, das war die Idylle, die Liv gesucht hatte.

William hielt ihr galant die Hand hin und zusammen machten sie sich an den Abstieg den steilen Pfad hinunter. Zum Glück hatte sich Liv für ihre trittfesten Sneakers aus Merinowolle entschieden. Sie waren für Jung wie Alt gleichermaßen geeignet, man konnte gut darin gehen, und zu ihrem sportlichen blassgelben Damenkleid mit der tiefen Taillenlinie passten sie perfekt. So perfekt wie der Tag war.

Sie näherten sich von links der Bucht. Es frischte auf und Liv zog ihren Seidenschal enger. Ansonsten waren der Anblick und die Seeluft gigantisch. Aufseufzend schloss Liv die Augen und sog den Geruch des Meeres ein. Die Sonne kitzelte ihre Wangen. Gab es ein schöneres Gefühl?

Sie bemerkte, dass sich Williams Hand aus ihrer löste und schlug die Lider hoch. Zu ihrer Überraschung streifte er sich wie selbstverständlich das Hemd vom Körper. Liv lachte auf.

„Du willst hier nicht etwa schwimmen, mein Lieber?"

William erwiderte ihr Lachen mit seinem Sunnyboy-Strahlen.

„Und ob ich das will. So warm wird es hier womöglich nicht mehr."

Er sah sie auffordernd an, Liv lachte noch einmal.

„Nicht warm genug, das versichere ich dir. Das Wasser ist eisig und noch weit verheerender: die Strömung viel zu stark.“

Er warf einen zweifelnden Blick auf das Meer. „Ich bin ein guter Schwimmer.“

Daran hatte sie keinen Zweifel. Er sah sehr athletisch aus, die Haare fielen ihm auf die gebräunten Schultern. Sie hatte definitiv nichts gegen den Anblick seines nackten, sehr männlichen Oberkörpers, aber dennoch: „Hier sind schon unvorsichtigere Menschen ertrunken.“ Und eine Leiche genügte ihr in Snugford.

William streckte die Hand nach ihr aus, seine Muskeln spannten sich an. Liv biss sich auf die Unterlippe. Hach. Ohne jeden Zweifel hatte sie noch keinen Kerl wie ihn kennengelernt.

„Komm her“, forderte er sie mit seiner weichen, einlullenden Stimme auf. Er zog sie mit sich aufs Wasser zu und in seine Arme. „Wir könnten uns zumindest ...“

Sein Vorschlag verlor sich in der nächsten Windböe, die frech genug war, Liv den Hut vom Kopf zu pusten. Sie sahen ihm dabei zu, wie er durch die Luft wirbelte, direkt aufs Wasser zu. Er landete in gut fünf Metern Entfernung auf den Wellen, wurde von der Strömung sofort erfasst und war ihrem Blick schneller entschwunden, als sich einer von ihnen rühren konnte. William blickte ihm mit vorgeschobenen Lippen nach. Ein attraktiver, männlicher Schmollmund. Zum Anbeißen.

„Du könntest recht haben, die Strömung ist verdammt stark.“ Er wandte sich ihr zu. „Wie unangenehm, dabei hätte ich gerne deinen Hut gerettet.“

Liv rollte lachend mit den Augen. „Vergiss den Hut, ich habe Hunderte davon." Sie verzichtete lieber auf den Hut als auf seine Gesellschaft.

„Mag sein. Trotzdem ein Jammer, dieser stand dir besonders."

Er strich ihr die Haare hinter die Ohren, legte beide Hände auf ihre Wangen und küsste sie. Die Schmetterlinge einer High-School-Absolventin flatterten durch ihr Inneres. Liv seufzte. Ja, es gab ein schöneres Gefühl als die Sonne auf ihren Wangen. Den Kuss eines Liebhabers, dessen Gesten immer feuriger wurden. Sie krallte ihre Hände in seine Haare und stellte sich auf die Zehenspitzen. Ihre Lippen küssten seinen Hals, sein Kinn, beide Wangen. Sie kicherte, ehe sie sich seinen Mund vornahm. Hach. Sie fühlte sich zeitlos jung in seinen Armen.

***

Als sie wenig später mit ihrem Picknickkorb auf den sonnengewärmten Felsen saßen, fragte sich Liv, warum er ihr nicht früher aufgefallen war. Laut eigener Aussage verschlug es ihn immer wieder in seine Heimat. Wie kam es, dass sie ihn nie bemerkt hatte? Vermutlich besser so. Hätte sie ihn zu Lebzeiten ihres Mannes kennengelernt, wäre ihr womöglich eine Dummheit geschehen.

Sie legte den Kopf in den Nacken und genoss den Kies zwischen ihren nackten Zehen. Die Felswände warfen ihr rötliches Licht auf das Wasser, verfärbten es romantisch. Sie spürte noch den Geschmack von Erdbeeren auf ihrer Zunge. Hörte den ruhigen Atem Williams direkt neben sich. War dieser Frieden trügerisch? Durfte sie hier sitzen und das Leben genießen, während Lyla Bloom unter der Erde lag und ihr Mörder frei herumlief? Livs Nackenhaare stellten sich auf und sie schüttelte den Kopf, in der Hoffnung, der Gedanke würde sie in Ruhe lassen.

„Was hast du, Liebling?“

Sie sah über die Schulter zu William, fand es hinreißend aufmerksam von ihm, dass ihm ihr Stimmungswechsel nicht entgangen war. Sie schenkte ihm ein unbekümmertes Lächeln, wollte nicht darüber reden.

„Ach, nichts. Ich bin froh, dass du hier bist. Was hat dich dieses Mal nach Snugford getrieben?“

Er zuckte mit den Schultern. „Ich war in der Nähe. Ich besitze ein Schloss in Aldcliffe. Ein Familienerbe, das mit der Zeit eine Last geworden ist. Der Adel hat heutzutage an Geld und Macht eingebüßt, wie du sicherlich weißt. Ich wollte nicht verkaufen, deshalb bieten mein Bruder und ich das gute Stück jetzt für Besichtigungen an. Ab und an vermieten wir die Zimmer. Der neueste Einfall meines Bruders sind Ritterspiele im Burghof.“

Er verdrehte die Augen und lachte. Liv starrte ihn ungläubig an.

„Nimmst du mich auf den Arm?“

Er schüttelte den Kopf. „Wieso sollte ich?“

Sie setzte sich auf. „Du besitzt ein Schloss hier in der Nähe? Das man besichtigen kann? Und wir verbringen den Tag hier?“

William winkte ab. „Wie gesagt, wird es gerade renoviert und umgebaut, damit mein Bruder seine Festspiele durchsetzen kann. Aber im Sommer würde ich dich liebend gerne dorthin entführen.“

Ein Versprechen, auf dessen Einlösung sie bestehen würde. Es wurde immer schöner – klar, er war ein Lord. Die besaßen für gewöhnlich Schlösser. Sie kicherte.

„Es ist kein sehr großes Schloss. Im Grunde unwesentlich größer als die Villa meiner Gastgeber in Snugford. Iris und Roger haben gerade Unmengen für das Gästezimmer ausgegeben, es ist fast komfortabler als das in meinem Schloss."

Das bezweifelte Liv, obwohl sie es sich vorstellen konnte. Die Lockspridges wussten, wie man effektiv Geld ausgab, und schienen ausreichend davon zu besitzen.

„Ah, deshalb bist du hergekommen." Sie gluckste. „Um dein Schlafzimmer mit ihrem zu vergleichen?"

„So ungefähr", antwortete er zwinkernd. „Ich wollte einfach mal wieder meine Freunde sehen. Zu denen übrigens auch euer Gemeindepriester zählt."

Liv hob die Brauen. „Father Custom?"

„Ja. Der Gute hat mir vor Jahren mal aus der Patsche geholfen. Seither pflegen wir einen engen Kontakt. Wir machen sogar Sport zusammen."

Er hörte wirklich nicht auf, sie zu überraschen.

„Du bist ein Freund von Father Custom", sagte sie kopfschüttelnd, „na, das passt irgendwie."

„Warum das?"

„Hm, ihr habt beide diese erotische Stimme." Ihr Blick driftete zum Himmel, während sie das feststellte, den Klang beider Stimmen im Ohr.

Irritation stahl sich in seine Züge. „Du findest ... was?" Als verstünde er erst jetzt den Sinn hinter ihren Worten, setzte er sich auf. „Muss ich eifersüchtig sein?"

Liv lachte. „Niemals, Father Custom ist ein Heiliger, oder? Auch wenn ich unschlüssig bin, ob so ein Weltpriester den gleichen Regeln folgt wie normale katholische Pfarrer."

William schüttelte den Kopf. „Er mag von der Erzdiözese eingestellt sein, statt einem Orden, aber Snugford bleibt durch und durch katholisch und deshalb sind Frauen für ihn tabu – und umgekehrt genauso."

Sie konnte es nicht lassen, ihn weiter zu necken. „Der Ärmste. Wie kommt er damit zurecht?"

William schnippte ein Steinchen vom Felsen und ließ seine Hand zu ihrem Bein wandern. „Reden wir ernsthaft über die eventuellen sexuellen Gelüste eines Priesters?"

Liv grinste und neigte das Gesicht zu ihm. „Nein, wir könnten uns mit unseren eigenen befassen."

Sie küsste ihn mehrmals auf den Mund, mochte den Ansatz seines Bartes, der ihre Haut sensibilisierte. Just als er sie zu sich ziehen wollte, erklang in der Nähe das gackernde Lachen einer Frau, dem weitere Stimmen folgten. Williams Blick glitt an Liv vorüber und er seufzte tief.

„Vielleicht müssen wir das vertagen."

Sie folgte seinem Blick und erkannte eine zwölfköpfige Wandergruppe, die sich in den Kopf gesetzte hatte, ihren Strand zu fluten.

Mit einem Augenaufschlag zum Himmel erklärte sie: „Fein, verschieben wir es. Wie es aussieht, ziehen ohnehin Gewitterwolken auf."

Sie brachen entsprechend zeitig auf, da die Wanderer ihnen einen Hauch der Idylle nahmen und sie sich an der Kulisse längst sattgesehen hatten. Der Aufstieg erschien Liv weitaus beschwerlicher als ihr Weg abwärts zur Bucht. Es lag diese Schwüle in der Luft, als würde sich tatsächlich bald ein Gewitter über sie ergießen. Sie sollten zusehen, dass sie rechtzeitig ins Trockene kamen.

Trotzdem verzichteten sie nicht auf das heruntergelassene Verdeck, und heimwärts musste Liv ja auch keinen Hut mehr festhalten. Der hatte sich in die See verabschiedet. Sie trauerte ihm keine Sekunde nach. Anders als William, der beim Einfahren ins Dorf abrupt abbremste und am Bordsteinrand vor der Bank parkte.

„Ich benötige nur einen Moment", sagte er und zwinkerte, „bin sofort zurück."

Sein Kuss verrutschte auf ihre Stirn. Sie sah ihm schmunzelnd hinterher und lehnte sich gegen den Sitz zurück. Unweit von ihr erhob sich Snugfords Kirchturm in den wolkenbehangenen Himmel. Was war aus ihrem Städtchen geworden? Plötzlich verbarg sich hinter jeder zweiten Tür ein Geheimnis. Leider führte sie keines zu Lyla Blooms Mörder.

„Da bin ich wieder! Sieh mal!"

William ließ einen neuen, sehr schmucken Damenhut auf seinem Zeigefinger kreisen. Liv riss den Mund auf. William setzte ihn ihr aufs Haupt. Er fühlte sich federleicht an. Aus formstabilem Sinamay-Stroh gefertigt, schmiegte er sich perfekt ihrer Kopfform an. Ein Netzschleier und eine gelbe Schleife, die von filigranen Federn geziert wurde, perfektionierten ihn. Auch das Satinfutter ließ darauf schließen, dass es kein Billigexemplar war.

„Wunderschön, danke! Das wäre wirklich nicht nötig gewesen“, sagte sie verlegen.

Er nickte und setzte sich schwungvoll zurück auf den Fahrersitz. „Ich weiß, aber ich konnte nicht widerstehen.“ Er startete den Motor. „Mit Hut vernasche ich dich außerdem noch lieber.“

***

Das Vernaschen stellte sich als erschwert heraus. Sie hatten kaum den Dorfkern erreicht, als ihr Maggie vom Eingang des Gemeindehauses zuwinkte. Es gebot die Höflichkeit, diesen Gruß nicht zu ignorieren. Hätte sie es bloß getan, denn indem sie hielten und sich Maggies Anliegen anhörten, waren sie der Möglichkeit beraubt, es abzulehnen. Das gebot ebenfalls die Höflichkeit.

„Es kam der spontane Geistesblitz über die Gemeindehelfer, den Hilfspaketnachmittag mit einem Waffelessen abzurunden“, erklärte Maggie und verschwieg ihre eigene Meinung dazu. Sie war seit Stunden hier und ihr Lächeln saß nicht mehr so fest in ihrem Gesicht. „Den Teig haben bereits einige Mütter zubereitet. Jetzt geht es einzig und allein darum, sich hinters Waffeleisen zu stellen.“ Sie neigte sich vor. „Du weißt, dass dafür die Großmütter zuständig sind. Inklusive jene ohne Enkel und davon gibt es lediglich eine, mit der ich das aushalte. Bitte.“ Livs Verlangen, nach ihrem halb beendeten Strandausflug Waffeleisen zu hüten, war äußerst begrenzt, aber ein Nein wäre schlechter Stil gewesen, und da William in seinem Heldenmut vorschlug, ihr Gesellschaft zu leisten, gab es keinerlei Ausflüchte mehr.

157

Wunderbar. Fabelhaft.

Statt einander vernaschten sie also Waffeln – oder verteilten sie mit ihrem Wohltätigkeitsgrinsen an die anderen Wohltäter. Für gewöhnlich hatte Liv nichts dagegen, es gab bloß reizvollere Dinge, auf die sie sich außerdem eingestellt hatte.

William fand dafür am Spätnachmittag eine diplomatische Lösung. Der Waffelteig war restlos ausgekratzt, die Eisen ausgesteckt und die übrigen Waffeln ließen sich auf ihren Tellern von allein aufessen.

„Hier benötigt niemand länger unsere Dienste", raunte er und fing an, das überall im Gemeindehaus verteilte Geschirr in einen Korb zu sammeln. „Kümmern wir uns um den Abwasch?"

Liv schenkte ihm einen Augenaufschlag und fragte sich, ob er sie auf den Arm nehmen wollte. Sie seufzte. Ihre romantischen Gefühle waren schon vor einer Stunde zusammen mit dem Dunst aus den Waffeleisen verpufft. Da konnten sie auch noch den Abwasch machen. Sie folgte ihm in die Küche. William stellte den Geschirrkorb mit einem Grinsen auf die Spüle und drehte sich zu ihr um.

„Das wäre erledigt."

Seine Hände fanden ihren Weg zu ihren Hüften. Erst als er anfing, ihre Halsbeuge zu liebkosen, wurde Liv bewusst, was er im Schilde führte.

„Ah, das steckt hinter deinem Arbeitseifer." Sie lachte. Ihre Augen wanderten zur geöffneten Küchentür. „Ich finde es trotzdem dezent unanständig, wenn wir …"

„Dezent bedeutet nicht ausschlaggebend genug", murmelte er zwischen zwei Küssen, gab der Tür einen Schubs und drängte Liv gegen die Küchenzeile. Sie war über und über mit Geschirr und Gerümpel vollgestellt. In Livs Vorstellung liebten sie sich darauf hemmungslos und jedes einzelne Porzellanstück zerbarst auf dem Boden.

Seufzend sank sie gegen die Platte und stützte sich mit den Armen ab. William verzückte sie mit seiner Zunge, machte sie trunken und süchtig nach mehr. Ihre Hand stieß gegen einen schweren Gegenstand, sie zuckte unter dem Schmerz zurück und wollte das unliebsame Ding zur Seite schieben, als ihr auffiel, worum es sich handelte. Schlagartig wurde sie nüchtern.

„William, warte mal."

Er reagierte nicht, seine Hände umfassten ihren Hintern. Liv klatschte ihm einmal auf den Handrücken. Er fuhr hoch und sah sie stirnrunzelnd an.

„Was?"

Liv schob ihn von sich und griff nach der Kanne, gegen die sie mit ihrer Hand gestoßen war. Sie war äußerst schwer und massiv, ein gusseisernes Exemplar und damit keines, das sie gerne in ihre Vitrine stellen würde. Was nicht der Grund für ihre Aufregung war. Diese Kanne kam ihr vertraut vor, obwohl sie überzeugt war, sie nie zuvor gesehen zu haben. Das Muster aus roten und weißen Blümchen auf grünem Grund rief dennoch ein Déjà-vu in ihr wach. Der Schnabel der Kanne stach ihr sofort ins Auge, das Blümchenmuster war verwischt.

Liv riss die Augen auf. Reflexartig blickte sie zu ihrer Hand. Sie war unversehrt. Nein, was sie am Schnabel sah, was die weißen Blümchen rot verfärbt hatte, war kein frisches, es war altes Blut. Mit schneller schlagendem Herzen erinnerte sie sich an jenen Moment in Lyla

Blooms Flur, kurz nachdem Maggie deren Leiche entdeckt hatte. DCI Jameson hatte achtlos mit dem Gegenstück zu dieser Kanne gespielt! Im Nachhinein dankte sie ihm für die unüberlegte Tat, den Deckel in der Hand herumzudrehen, denn allein deshalb erinnerte sie sich nun an ihn.

Sprachlos starrte sie die Kanne in ihrer Hand an. Hielt sie die Mordwaffe in Händen?

„Was ist mit dem alten Ding? Hast du dich daran gestoßen?"

Williams besorgte Stimme klang verwaschen, Livs Blut rauschte in ihren Ohren. Sie musste unverzüglich Maggie und den Detective Chief Inspector aufsuchen!

„Geht es dir gut?" William wollte nach der Kanne greifen, doch Liv presste sie an sich.

„Damit wurde höchstwahrscheinlich Lyla Bloom ermordet!", rief sie mit geweiteten Augen.

William ließ ungläubig die Hand sinken und starrte sie an. „Wie bitte? Du machst Witze! Wie kommst du auf den aberwitzigen Gedanken?"

Er war weit entfernt von Aberwitz. Aufgeregt erzählte sie ihm von ihrer Beobachtung am Tatort. Zwar war das getrocknete Blut kaum mehr auszumachen, der Mörder hatte es mit Sicherheit abgewischt, allein diesen kleinen Rest übersehen.

„Die Frage ist, wie kommt diese Kanne ins Gemeindehaus?" Sie atmete stoßweise, durch ihren Kopf tanzten unzählige Möglichkeiten. „Oh mein Gott, denkst du, Father Custom hat etwas damit zu tun?"

William lachte auf. „George? Niemals. Die Kanne kann wer weiß wie hierhergekommen sein. Jeder kann in diesem Haus ein- und ausgehen. So wie es aussieht, wurde sie zu dem Schrott gelegt, den der Gemeinderat immer entsorgt.“

Sie nickte. Der Gemeinderat kümmerte sich alle zwei Wochen um die Entsorgung von ausgedientem Hausrat und Sperrmüll. Das wusste jeder und somit hatte der Mörder leichtes Spiel gehabt und die Kanne einfach zu dem anderen Zeug gestellt, das demnächst auf Nimmerwiedersehen abtransportiert werden würde. Das klang plausibel. Liv musste sich zusammennehmen und sich nicht von ihren Gefühlen kirre machen lassen. Maggie würde so etwas nicht passieren. Maggie!

„Ich muss das Beweisstück sofort den anderen zeigen.“

William sah die Kanne zweifelnd an. „Bist du dir sicher? Das wäre eine ziemlich lächerliche Mordwaffe.“

Liv ging entschlossenen Schrittes aus der Küche. „Schon möglich. Es deuten bloß zu viele Zeichen darauf hin.“ Sie nahm zwei Stufen auf einmal zum Gemeindesaal. „Es gibt die verrücktesten Dinge“, zitierte sie ihren Detective Chief Inspector.

Sie fand Maggie im Gespräch mit Mrs Nelson. Ihr Sohn Andy stopfte sich die letzten Waffelreste in den Mund, was Maggie mit schmalen Lippen quittierte. Es war überaus eindeutig in ihren Zügen abzulesen, dass es sie erleichterte, von Liv aus der Unterhaltung gerissen zu werden. Diese musste auch nicht viele Worte machen, Maggie erkannte auf den ersten Blick, was Liv in der Hand hielt.

„Ach du meine Güte! Ist das die Teekanne, deren Deckel unser DCI am Tatort gefunden hat?“

„Präzise“, flüsterte Liv. „Und sieh mal hier, das sieht verdächtig nach Blut aus, oder?“ Sie deutete auf die

Stelle am Schnabel der Kanne. Maggie kniff die Augen zusammen und beugte sich näher darüber. Die Augen weiteten sich. „Dann kann es nur die Mordwaffe sein! Wo hast du sie gefunden?"

„Unten in der Küche beim aussortierten Schrott, den der Gemeinderat immer entsorgt."

„Hmmm." Maggie schürzte die Lippen. „Fragt sich, wie sie vom Teeladen dorthin gelangt ist." Ihr Blick fand Father Custom, der sich unweit von ihnen mit einigen Familien unterhielt, und sie ging, ohne nachzudenken, auf ihn zu.

„Maggie!" Liv wollte sie zurückhalten – aber das versuch mal bei einer wie Maggie –, denn sie war sich nicht sicher, ob es rechtens war, den DCI, was Befragungen betraf, einfach zu übergehen.

Maggie scherte sich darum reichlich wenig. Sie stand bereits vor dem Father und deutete auf Liv, die immer noch die Teekanne in der Hand hielt. Sie seufzte. William neben ihr schüttelte den Kopf und sie sah ihn an. Er erwiderte den Blick entschuldigend.

„Ich finde, wir sollten hier jetzt keinen Wirbel machen."

Damit hatte er nicht unrecht, daher beeilte sie sich, mit der Teekanne hinüber zu gehen, ehe der Rest der Dorfgemeinschaft von ihren Vermutungen Wind bekäme. Father Customs Mimik war zu entnehmen, dass ihm der Fund einer Mordwaffe in seinem Gemeindehaus ausgesprochen unangenehm war.

„Das kann ich mir nicht erklären, wie sie hier her gelangt sein soll", sagte er mit geröteten Wangen und sah sich nach links und rechts um.

„Das ist nicht schwer zu erraten", mischte sich William mit seiner besonnenen Art ein. „Sie wird bei all dem Krempel dabei gewesen sein, den die Leute als Sperrmüll in Kisten und Kartons vor die Tür stellen. Hast du oder eines der Mitglieder des Gemeinderats bei Lyla Bloom eine solche Kiste abgeholt und könnte die Kanne darunter gewesen sein?"

Father Custom dachte fieberhaft nach, auf seiner Oberlippe bildeten sich kleine Schweißperlen. „Ich … weiß nicht genau, es ist eigentlich Fredericks Route", er sah William an, „ja, jetzt, wo du es sagst, ich habe letzte Woche für ihn diese Gegend übernommen. Ich habe allerdings nicht explizit darauf geachtet, was in den Kisten war."

William nickte.

„Somit könnte der Mörder die Kanne nach der Tat in die Kiste geworfen haben, auf dass sie mit dem anderen Zeug entsorgt und verschrottet werden würde", mutmaßte Maggie.

Father Custom sah sie mit großen Augen an. „Können Sie denn sicher sein, dass es die Mordwaffe ist?"

Maggie besah sie sich genau. „Das werden wir hoffentlich schnell rausfinden. Wir müssen sie zum Detective Chief Inspector bringen."

Liv schenkte Father Custom ein beruhigendes Lächeln. „Machen Sie sich keine Sorgen, es wird sich alles aufklären."

***

Der Himmel hatte sich verfinstert und die Regenwolken angefangen sich zu entladen. Nieselregen setzte ein, als Maggie, William und Liv mit der Teekanne in der Hand durch die Straßen Snugfords eilten. Sie sparten sich den Gang zur Polizeistation. Es war längst Feierabendzeit und der DCI bestimmt schon zu Hause.

Zumindest fast.

Er saß auf der Treppe des B&Bs, den Kragen seiner Jacke hochgeschlagen und am ganzen Körper zitternd.

„Herrje, was machen Sie denn hier draußen?"

„Hat sicher den Schlüssel vergessen", nuschelte Maggie.

„Ich habe meine Schlüssel verlegt. Drinnen." DCI Jameson deutete ins Haus und seufzte. Er erhob sich in der Hoffnung auf Einlass. Maggie erwies ihm den Gefallen nicht.

„Haben Sie in Ihrem Büro die Möglichkeit, Fingerabdrücke prüfen zu lassen?", erkundigte sie sich ohne Umschweife.

DCI Jameson nickte. „Ja, wieso?"

„Dann müssen wir gar nicht erst ins Haus gehen, sondern direkt zurück zum Präsidium. Wir haben die Mordwaffe gefunden."

Und mit Wir meinte sie auch Wir, obwohl es streng genommen Liv gewesen war. Das nahm diese ihr nicht übel, Maggie betrachtete sie beide manches Mal als Symbiose, vor allem in solchen Dingen.

Jay Jameson machte kullergroße Augen. „Wie ... ich meine wo? Wann?"

Liv nahm sich die Freiheit heraus, die besonderen Umstände auf dem Weg zum Büro zu erläutern. Sie ließ dabei aus, was sie und William gerade im Begriff gewesen waren zu tun – außer Geschirr zu waschen, versteht sich.

„Detective Chief Inspector!“ Sie hatten noch nicht einmal die Hälfte der Strecke zurückgelegt, als ihnen Zoey Bloom hinterhereilte. Ihre Haare waren verwuschelt und die Wangen gerötet, die Haut dahinter allerdings aschfahl. Livs Puls beschleunigte sich augenblicklich. Wenn die Dinge liefen, dann liefen sie. „Wie gut, dass ich Sie treffe ...“

„Ah.“ Es gehörte sich, dass DCI Jamesons immer zunächst mit einer falschen Mutmaßung aufwartete. „Sie wurden bereits informiert.“

Zoey verstummte perplex. „Worüber?“

Jetzt zeichnete sich auch Perplexität auf des Detective Chief Inspectors Gesicht ab. Zoey brach als Erste das Schweigen.

„Ich bin gekommen, weil ich neue Erkenntnisse habe.“

„So wie wir, die Mordwaffe ist aufgetaucht.“

Diese Neuigkeit wog mehr als Zoeys Erkenntnisse. Sie vergaß, von diesen zu berichten, und folgte der sich vergrößernden Gruppe aus Ermittlern, die alle gleichermaßen aufgeregt ins Präsidium stürzten. Tatsächlich bestätigte nun auch Zoey, dass am Tag ihrer Anreise vor dem Teeladen eine Kiste mit alter Keramik und ausgedienten Haushaltsgegenständen gestanden hatte, die von Father Custom bereits an selbigem abgeholt worden war.

„Er ist ein tüchtiger Mann“, sagte William.

Liv sah darin ausnahmsweise keinen Vorteil. „Das ist löblich, bedeutet jedoch, dass Zoey nicht mehr die Möglichkeit gehabt hat, einen Blick darauf zu werfen, und so unklar bleibt, ob die Kanne schon damals darunter gewesen ist, oder später ins Gemeindehaus geschmuggelt wurde. Father Custom konnte uns diesbezüglich ja nicht weiterhelfen.“

„Wobei es letzten Endes einerlei ist“, erklärte Maggie. „Hauptsache es können Fingerabdrücke sichergestellt werden.“

Womit sich alle Blicke zweifelnd auf DCI Jameson richteten. Er hatte sie mit ihren Spekulationen im Vorzimmer allein gelassen und fuhrwerkte in seinem Büro herum, räumte den einen Papierstapel zur Seite und den anderen wieder in den Weg, und schob schließlich alles unter seinen Bürotisch, um diesen in einen Labortisch umzufunktionieren. Es sah bemitleidenswert selbst gebastelt aus und eigentlich lag Liv die Frage auf der Zunge, ob sie die Kanne nicht besser in irgendein professionelles Labor hätten schicken sollen, da nahm er sie ihr aus der Hand – mit Handschuhen immerhin. Sie passten ihm sogar.

„So, ich habe alles vorbereitet. Zwar bin ich kein Daktyloskop, will heißen, für dieses Vorgehen nicht ausgebildet ...“ – Großartig, aber er hatte sicher eine Weiterbildung – „... dennoch verfüge ich über Grundkenntnisse, um die etwaigen Fingerabdrücke sichtbar zu machen.“ Er strich sich die Haare hinters Ohr und lächelte in die Runde. „Packen wir es an.“ Er beugte sich über die Kanne. „Als kleine Einführung kann ich Ihnen verraten, dass Fingerabdrücke über die sogenannten Papillarlinien sichtbar werden.“ Er wandte sich Zoey zu. „Dürfte ich es an Ihrer Hand demonstrieren?“ Sie reichte sie ihm bereitwillig. „Ja, genau, also hier sieht man sie mit bloßem Auge. Diese Linien. Da.“ Zoey zuckte zusammen, als er auf ihren Finger tippte. „Verzeihung. Nun, jetzt wird es erst interessant: Die charakteristischen Fingerabdruckmuster können unter bestimmten Merkmalen zusammengefasst werden – sie nennen sich Minutien."

Seine Hand zitterte, als er Zoeys hielt. Er musste in jeglicher Hinsicht nervös sein. Stand im Rampenlicht, erklärte Fachwissen, hielt mit Zoey Händchen. Was für ein Tag!

„Wenn wir die Minutien untersuchen, achten wir auf unterschiedliche Aspekte. Auf Gabeln, zum Beispiel, oder Inseln. Augen, Anfänge oder Enden …"

Er verlor sich in seiner Aufzählung, die nicht wirklich nach ernsthaften Begriffen klang. Gabeln? Verwechselte er wieder etwas? Im Augenblick lenkte ihn Zoeys Hand bestimmt zu sehr ab.

„Nach strich- oder punktförmigen Fragmenten …"

„Ja, schrecklich interessant. Könnten Sie einfach mit der Untersuchung beginnen?" William war nicht unhöflich, er verhielt sich bloß nicht so respektvoll wie alle anderen.

Liv unterdrückte ein Grinsen und war ihm dankbar für die Beschleunigung, obwohl sie es unter anderen Umständen spannend gefunden hätte, was DCI Jameson erzählte.

Dieser nickte und ließ Zoeys Hand los. „Richtig. Ja. Sehen Sie, wir können die Abdrücke mittels verschiedenster Methoden ermitteln. Ich ahne, dass das nötig sein wird, da sich die Waffe schon eine Weile im Gemeindehaus befunden hat und erschwerend hinzukommt, dass sie alle möglichen Personen in der Hand gehabt haben können." Immerhin klang das einigermaßen logisch. „Ich beginne damit, ein fluoreszierendes Puder aufzutragen. Das ist in diesem Fall die effektivste Methode. Die Blümchenmuster sind hinderlich, Rußpulver somit ungenau ..."

Liv fing an, seine vor sich hin gebrabbelten Informationen sofort wieder zu vergessen, zumal sie sich ihrer Richtigkeit nicht sicher war. Dennoch war es faszinierend, ihm bei seiner Arbeit zuzusehen.

„Ja, eindeutig, hier wird etwas sichtbar", rief er aus und fing wie bereits am Tatort an, sein Beweisstück abzufotografieren. „Das ist nötig, sollte ich später durch die Nutzung einer UV-Lichtquelle noch nähere Untersuchungen anstellen müssen."

Maggie beugte sich neugierig über die Kanne. „Sieht mir nach immer demselben Abdruck aus. Könnte es Livs sein?"

„Durchaus, ja, der könnte es sein."

Er schien der Einzige zu sein, den das nicht mit Enttäuschung erfüllte. Stattdessen nahm er Livs Fingerabdrücke – sie hatte das Gefühl, dass er ihre Hand nur halb so zärtlich berührte wie Zoeys –, um festzustellen, dass sie in der Tat die Einzige war, die Abdrücke hinterlassen hatte. Aber, noch war „nicht aller Tage Abend", wie er betonte und sich mit Feuereifer an die Untersuchung mit speziellen Lichtquellen und flüssigen Chemikalien machte. Was eine geraume Zeit in Anspruch nahm. Eine, die Maggie und Liv nutzten, um sich nach Lylas neuen Erkenntnissen zu erkundigen. Wenn sie schon alle hier rumstanden oder inzwischen im Verhörzimmer Platz genommen hatten, derweil der Detective Chief Inspector im Nebenzimmer hoffentlich wusste, was er tat.

„Richtig", begann diese prompt zu erzählen. „Ich habe vorhin in einem der Bücherregale Lylas Terminkalender mit integriertem Tagebuch entdeckt. Ich wusste nicht, dass sie so etwas führt." Sie schüttelte den Kopf, als hielte sie so was für Kinderkram. Worin Maggie ihr zustimmen dürfte, Liv hingegen fand es sehr sympathisch und in diesem Fall außerdem hilfreich, wie sich herausstellte.

„Und jetzt passen Sie auf. Zwei Tage vor ihrer Ermordung hat sie aufgeschrieben, dass sie möglicherweise etwas herausgefunden hat, das besser hätte verborgen bleiben sollen." Zoey sah hoffnungsvoll in die Runde. „Sie können damit vermutlich nichts anfangen?"

Maggie und Liv sahen einander an. Es klang spannend und mysteriös. Eine Idee, was es damit auf sich haben könnte, hatten sie nicht.

„Erzählen Sie es besser nicht dem Detective Chief Inspector, sonst verdächtigt er wieder den Bürgermeister."

Liv ignorierte Maggies trockenen Scherz und fragte: „Mehr hat sie nicht geschrieben? Vielleicht an einem anderen Tag?"

Zoey Bloom schüttelte bedauernd den Kopf, ihre Finger gruben sich in den farbenfrohen Schal, den sie immer trug. „Bloß, dass sie hoffte, es lasse sich friedlich klären." Sie seufzte. „Ich meine, Lyla hat sich die Dinge immer zu Herzen genommen, aber das klingt nach mehr. Sonst hätte sie es nicht aufgeschrieben."

Ehe sie weitere Mutmaßungen anstellen konnten, öffnete sich die Tür des vorübergehenden Labors und DCI Jameson trat in den Flur, entdeckte sie alle im Verhörzimmer und kam zu ihnen geschlurft. Bereits an der Art seiner hängenden Schultern ließ sich erkennen, dass er nichts herausgefunden hatte. „Ich muss leider davon ausgehen, dass der Mörder seine Spuren effektiv verwischt hat. Bis auf diesen winzigen Restanteil Blut, das in der Tat ergeben hat, dass es sich um Lylas handelt. Womit wir zwar endlich die Mordwaffe hätten, nur leider ohne Spuren zum Täter.“

Er sah so niedergeschlagen aus, dass er einem hätte leidtun können. So beendeten sie ihre Ermittlungen einstweilen, ein jeder mehr als unzufrieden, um nicht zu sagen enttäuscht über den Ausgang – oder eigentlich inzwischen Beginn – des heutigen Tages.

Liv konnte genauso wenig abschalten wie Maggie, die mit geschürzten Lippen in der Küche des B&B saß und Löcher in den Tisch starrte. Jay Jameson hatte sich auf sein Zimmer verabschiedet. Liv und William saßen draußen auf der Veranda und sahen den Wolken des Nachthimmels dabei zu, wie sie sämtliche Sterne verdunkelten.

„Ich würde zu gerne wissen, was Lyla glaubte, herausgefunden zu haben“, murmelte Liv. „Könnte ich das aufdecken …“

William legte seinen Arm um ihre Schultern und streichelte sie immer wieder. Es tat unheimlich gut.

„Hör auf, dir das Hirn zu zermartern. Fürs Aufdecken ist der Detective da.“

Worin er sich semibegabt anstellte, obschon er heute keine schlechte Figur gemacht hatte. Sie maßte sich zumindest nicht an, beurteilen zu können, wie gut oder schlecht er seine Untersuchungen nach Fingerabdrücken gemeistert hatte. Ihre hatte er immerhin identifiziert.

„Der Mörder muss ein Geheimnis gehabt haben und Lyla hat es herausgefunden." Liv überlegte fieberhaft weiter. Ihre Wangen brannten und ihr Fuß tippte gegen den Dielenboden. „Es muss etwas Ernsthaftes gewesen sein, etwas, wofür ein Mensch einen Mord begehen würde, weil es von einer so großen Wichtigkeit war ... Nein!" Sie schüttelte den Kopf. „Ich kann mir nichts auf der Welt vorstellen, das einen Mord rechtfertigen würde."

Williams streichelnde Hand hielt inne. „Liebling, es gibt tausend Gründe für einen Mord. Meistens versuchen Menschen nur, sich selbst zu schützen."

„Das rechtfertigt nichts!", antwortete Liv. Ihre Stirnader pulsierte. „Vielleicht steht ja doch etwas in diesem Tagebuch. Ein Treffen mit irgendwem. Wenn wir herausfinden, wen sie in den Tagen vor ihrem Mord gesehen hat, haben wir eine potenzielle Spur zum Mörder."

William legte ihr einen Finger auf den Mund. „Beruhige dich, ja? Für heute ist Schluss damit. Das ist nicht dein Fall. Es ist nicht deine Last."

Er nahm ihre Hände in seine und massierte sie. Ein herrliches Kribbeln durchzuckte sie. Er hatte recht. Es war nicht ihre Last. Oder? Sie hatten es zu ihrer gemacht, indem sich Maggie und sie zu DCI Jamesons Assistentinnen ernannt hatten. Bereute sie es? Nein, aber ... Sie sah in Williams Augen und seufzte. Morgen war auch noch ein Tag. Sie hatte sich dieses bisschen Zärtlichkeit verdient. Daher ließ sie es zu, dass William sie an sich zog, an ihrem Ohrläppchen knabberte und sie streichelte. Er beherrschte das Verführen zu gut.

Ich muss Zoey nach diesem Tagebuch fragen, dachte sie noch, ehe sie sich Williams Küssen hingab.

Kapitel Neun

Jay Jameson hatte es sich angewöhnt, in der Küche am Tisch zu sitzen, wenn die beiden B&B-Betreiberinnen die Mahlzeiten zubereiteten. Meistens in der Absicht, ihnen zur Hand zu gehen. Heute, weil er einfach nicht den Weg die Treppen zu seinem Zimmer hinaufgeschafft hatte. Deshalb saß er hier am Tisch. Grübelnd. Diese Ermittlungen erforderten eine gehörige Menge seiner kleinen grauen Zellen. Voran kam er trotz immer wieder neuer Hinweise nicht.

Vierundzwanzig Stunden nach Auftauchen der Mordwaffe war er nicht klüger als zuvor. Nicht im Ansatz. Die Kanne nebst Deckel, den er ebenfalls erfolglos untersucht hatte, standen im Nebenraum auf dem Beweistisch. Ohne Beweise zu liefern. Father Custom noch einmal zu befragen, nachdem das die Ladys bereits für ihn übernommen hatten, erschien Jay angesichts dessen, dass er nichts Hilfreiches bemerkt hatte, unsinnig. Die Spur drohte, sich zu verlieren, ehe sie ernsthaft zu einer geworden war. Zoey Blooms Augen, die sich vertrauensvoll auf ihn gerichtet hatten, lauerten überall – und er hatte sie enttäuscht. Schändlich enttäuscht. Er hätte die verfluchte Kanne längst finden müssen, schon am Tag des Mordes. Und er hatte noch mit dem Deckel gespielt! Womöglich war das Gegenstück zu ihm nicht weit gewesen und er hätte den Fall sofort lösen können. Wobei der Mörder bestimmt direkt im Anschluss an den Mord alle Spuren verwischt hatte.

Spuren. Er hasste dieses Wort inzwischen. Es hatte ihrer so viele gegeben – alle im Sand verlaufen. Im wahrsten Sinne des Wortes, dachte man an den kleinen Andy. Es war verrückt, dass man jedes Mal erleichtert aufseufzte, stellte sich heraus, dass ein Snugforder unschuldig war, und gleichzeitig innerlich aufstöhnte, weil der einzig schuldige Snugforder immer noch frei herumlief. Zu Zoeys Gefahr! Wobei sie eindeutig auf sich aufpassen konnte. Erstens, weil sie keinen verrückten Tee herstellte, sondern alte Bestände verkaufte, und zweitens, weil sie klug und selbstbewusst war. Sie benötigte keinen schusseligen Lebensretter. Keinen Versedrescher. Keinen Detective Chief Inspector ohne Erfolgsquote. So ehrlich musste er mit sich sein. Wo sollte er als Nächstes ansetzen?

Die Ermittlungen brachten keine neuen Erkenntnisse, etwas anderes dafür schon. Er hatte begriffen, dass er sich verliebt hatte. In Zoey Bloom. Das herauszufinden, hatte ihn einige gründliche Darlegungen von Fakten gekostet, aber nach Abwägung aller psychischer und physischer Gesichtspunkte bestand kein Zweifel. Er hatte sich in Zoey Bloom verliebt. Dafür gab es zahlreiche Hinweise. Seine Tollpatschigkeit in ihrer Gegenwart. Das Unvermögen geistreicher Konversation. Ständig abgelenkt zu sein, entweder von einer ihrer Haarsträhnen, ihrem Lächeln oder nur einer simplen Geste. Dem folgten dann meistens unpassende Kommentare. Außerdem dachte er pausenlos an sie.

Sein Herzschlag verhielt sich auch anders. Ja. Eindeutig. Er empfand etwas für sie und war deshalb zum kompletten Vollpfosten in ihrer Gegenwart geworden, ständig nervös, wenn er sie ansah, die Gedanken stockten und ... nun, das reichte ja. Mehr Beweise benötigte er nicht.

Er wünschte sich, er hätte ebenso viele in der Hand, was die Lösung des Mordes an ihrer Schwester anbelangte. Seit sein Versagen hinsichtlich der Fingerabdrücke deutlich geworden war, hatte sie ihn nicht mehr eines Blicks gewürdigt. Beschämend, dass ihn das mehr schmerzte als die Tatsache, dass er der Aufklärung des Falls immer noch keinen Schritt nähergekommen war.

Mit trüben Augen sah er Mrs Maggie dabei zu, wie sie einen Bund Minze wusch, Blättchen um Blättchen abzupfte und sie anschließend fein hackte. Sie und Mrs Liv hatten beschlossen, ihn zu verköstigen, um ihn aufzumuntern. Sehr nett. Leider sinnlos. Wobei der Geruch von Whisky, Essig und Minze in ihrer Soße etwas für sich hatte. Zwar hatte er angenommen, nie wieder Hunger zu verspüren, beim Anblick ihres Gerichts schmälerte sich diese Überzeugung jedoch.

Mrs Liv holte eben die Kartoffelecken und Grilltomaten aus dem Ofen und garnierte alles mit den verbleibenden Minzblättern, derweil Mrs Maggie den Lammrücken daneben drapierte. Die Minzsoße servierten sie separat und noch in der Küche. Wozu den Speisesaal herrichten, wenn sie nur zu dritt waren? Wofür Jay dankbar war. Seine Blamage wollte er nicht mit noch mehr Menschen teilen.

„Lassen Sie den Kopf nicht hängen, wir werden den Mörder noch finden." Die Entschlossenheit in Mrs Maggies Stimme war rührend. Er hatte sie einmal geteilt.

„Ja, das will ich hoffen." Er bedankte sich dafür, dass sie ihm den Teller vollluden und sorgsam darauf achteten, dass ihm nichts fehlte. Die Guten! Ein Bissen von dem Lammrücken und die Welt sah rosiger aus. „Es schmeckt vorzüglich", sagte er höflich und meinte es so. „Noch besser hätte es mir zu einem erfreulicheren Anlass geschmeckt. Nun ja ..."

Wie so oft wurde er mitten im Satz von einem einschlagenden Gedanken unterbrochen. Vielleicht war der Mörder überhaupt nicht aus Snugford. Vielleicht war er längst über alle Berge und sie drehten sich hier sinnlos im Kreis! Als er diesen ungeheuerlichen Gedanken mit den beiden Ladys teilte, waren diese wenig überzeugt. Maggie schüttelte entschieden den Kopf. „Natürlich kann man es nicht ausschließen, aber wer verirrt sich hier her? Ein unbekanntes Gesicht wäre aufgefallen."

„War hier nicht dieser Franzose?"

„Der ist noch vor dem Mord abgereist, mein Guter", sagte Maggie liebenswürdig und Jay nickte. Ja, richtig. Der war da schon weggewesen.

„Ich denke, wir sollten uns eher darauf konzentrieren, was Miss Bloom angemerkt hat. Auf diese Erwähnung aus Lylas Tagebuch, dass sie fürchtet, etwas herausgefunden zu haben, das besser verborgen geblieben wäre. Je nachdem, was es war, haben wir endlich ein richtiges Motiv für einen Mord", erklärte Mrs Liv.

Jay runzelte die Stirn.

Mrs Maggie warf ihrer Freundin einen kurzen Blick zu.

Die Runzeln auf Jays Stirn wurden schmerzhaft. „Welches Tagebuch?"

Er konnte sich beim besten Willen an keins erinnern. Im nächsten Augenblick erfuhr er, warum. Man hatte in der Aufregung vergessen, ihn über diese Sache in Kenntnis zu setzen. Das löste zwei Primärgefühle in ihm aus, die sich noch in ihrer Dominanz stritten. Freude und Furcht. Freude, weil es Hand und Fuß hatte, was Mrs Liv anführte, und würden sie herausfinden, was Lyla Bloom herausgefunden hatte, hätten sie mutmaßlich ihren Täter! Die Furcht folgte auf dem Schritt. Die Tatsache, dass Zoey diese Information den beiden Ladys und nicht ihm anvertraut hatte, bewies eindeutig, dass sie in ihn und seine Ermittlungsmethoden nicht länger Vertrauen setzte.

„Ich muss sie sehr enttäuschen, sonst hätte sie mir bestimmt davon erzählt."

Mrs Liv schüttelte den Kopf. „Nicht doch, nicht doch. Sie waren mit der Identifizierung der Fingerabdrücke beschäftigt, als sie es erzählt hat. Ich habe wie immer alles für Sie notiert."

„Sehr nett von Ihnen." Er schaffte es, Mrs Liv zuzulächeln. „Danke."

Sie musterte ihn einen Moment lang mit einem seltsamen Lächeln.

„Wenn Sie erlauben, Detective Chief Inspector", sie legte ihm über den Tisch hinweg ihre Hand auf den Unterarm. „Selbstbestimmte Frauen wie Zoey Bloom sehen Fehler nicht als Schwäche bei einem Mann. Sofern er zu ihnen stehen kann. Ich denke, sie würde Ihre

Zielstrebigkeit, in diesem Fall weiter zu machen, sehr schätzen. Also geben Sie jetzt bloß nicht auf! Nur so als kleiner Hinweis."

Jay starrte sie an, konnte nicht verhindern, dass sich die Verlegenheit in Form von Röte in seine Wangen stahl. Hoffentlich verdeckten das sein Bart und die ungekämmte Frisur.

„Ach", er hüstelte, „ich weiß gar nicht was Sie, hm", er räusperte sich, „aber danke, ja, für den Hinweis. So generell."

Mrs Liv nickte verbindlich. Mrs Maggie sagte nichts. Alle drei aßen stumm ihr Lamm mit der fantastischen Minzsoße. Jay dachte länger über Mrs Livs Worte nach als beabsichtigt. Sein Blick streifte die Standuhr in der Ecke. Ein hübsches Exemplar vom englischen Uhrmacher William Lifseter aus Birmingham erbaut, wie sich Jay von Mrs Maggie hatte sagen lassen. Die Zeiger sagten ihm, dass es fünf vor acht war und noch nicht allzu spät. Er könnte noch eine Runde drehen und zufällig beim Teeladen vorbeikommen – und noch zufälliger Zoey treffen, die er zu ihrer Entdeckung befragen könnte.

Ja.

Er griff nach der Serviette und betupfte sich damit die Lippen, lächelte erst Mrs Liv und dann Mrs Maggie zu.

„Ach, ehm, ich habe überlegt, dass ich vielleicht noch ein oder zwei Überstunden mache. Der Fall will schließlich gelöst werden. Es war ein hervorragendes Mahl, ich danke herzlich. Wäre es in Ordnung, wenn ich mich zurückziehe?"

Beide Ladys nickten und Jay verließ ohne Umschweife das Haus – dieses Mal mit Schlüssel. Aus Fehlern lernte man!

Manchmal.

Sein zufälliger Spaziergang zu Zoeys Teeladen endete an der Straßenecke, hinter der er stehen blieb und einen sehnsüchtigen Blick zum erleuchteten Fenster im zweiten Stock warf. Nichts überstürzen. Er konnte nicht einfach klingeln und wie immer sinnlos vor sich her zitieren und ansonsten nur Unfug zum Besten geben. Er musste sich vorher überlegen, was er sagen wollte. Während er in seinem Kopf noch nach den richtigen Worten suchte, sie ordnete und zurechtlegte, erschien Zoeys Schatten am Fenster. Sämtliche Worte versiegten in seinem Kopf. Sein Herzschlag machte einen Hüpfer. Sogar ihre Silhouette war makellos schön.

Er räusperte sich. Ihr Schatten verschwand und flüchtig fragte er sich, ob er ihn fortgeräuspert haben könnte. Blödsinn. Nun gut, er würde jetzt zufällig bei ihr vorbeischauen, um dann sehr zielstrebig und entschlossen zu wirken – was den Fall betraf, verstand sich. Wie Mrs Liv ihm geraten hatte.

Er löste sich aus seinem Versteck und trat um die Ecke. Das war der Moment, in dem sich ihre Haustür öffnete und Zoey heraustrat.

Zur gleichen Zeit, in der Jay wie vom Donner gerührt stehen blieb, sämtlicher Entschlossenheit beraubt, und Zoey ihre Tür hinter sich ins Schloss zog, klingelte es an der Tür des B&B. Und derweil Mrs Maggie annahm, der DCI habe mal wieder seinen Schlüssel vergessen, setzte sich Jay in Bewegung, um sein Zufallstreffen mit Zoey einzuleiten.

Während er auf sie zuschritt, fiel ihm auf, dass etwas an der Art, wie sie ging, anders war. Nervös strich sie sich über die Jacke, hielt etwas in der Hand, das aussah wie ein Buch … Das Tagebuch ihrer Schwester? Folgte sie etwa einer Spur? Auf eigene Faust und ohne Unterstützung? Das imponierte ihm und vielleicht, so befand er, würde er sich ritterlicher verhalten, wenn er sich nicht als der große Held aufspielte und sie in Ruhe ihrer Spur nachgehen ließ. Würde sie in Not geraten, wäre er sofort zur Stelle, aber ihrem Selbstwirksamkeitsgefühl zuliebe würde er sich im Hintergrund halten. Immerhin hatte Mrs Liv diese Selbstbestimmtheit erwähnt. Daher folgte er Zoey unauffällig.

Snugford war bereits in Dunkelheit getaucht, der Mond warf sein schummriges Licht auf die Straßen und es herrschte friedliche Ruhe in den Feldsteinhäusern der Bewohner. Zoey ging die Hauptstraße entlang und überquerte den Marktplatz, dessen Stände verrammelt und wie ausgestorben dastanden. Etwas entglitt ihrem Buch, sie bemerkte es jedoch nicht und Jay hob es auf, blieb ihr stummer Schatten. Es war das Snugforder Gemeindeblatt. Ein dünnes Zeitungsheftchen, das er nie zuvor gelesen hatte. Warum trug sie es mit sich herum? Er würde es hoffentlich jeden Moment erfahren.

Sie nahm die kleine Gasse, in der die Post ihren Sitz hatte und der Lebensmittelladen seine Mülltonnen auf die Straße gestellt hatte – so viele, dass sie sich an ihnen vorbeizwängen musste. Ebenso wie Jay, der sich bemühte, nicht dagegen zu stoßen. Der Kirchplatz kam in

Sicht und unweit von ihm das Gemeindehaus, dem sich das Friedhofsareal anschloss. Scheinbar hielten die Mitglieder des Kirchengemeinderats dort ihre Blasmusikprobe ab. Die Fenster waren hell erleuchtet und das Gequietsche von Trompeten und Posaunen wehte auf den Platz hinaus. Jay hatte diesem Musikvergnügen noch nie etwas abgewinnen können – und dieses hier spottete jeder Beschreibung.

Einstimm'ges Lied hat keine Harmonie. Ausnahmsweise ein Ausspruch seines dichterischen Vorbilds, dem er nicht zustimmen konnte. Es hätte dieser Musikgruppe gutgetan, sie hätte wenigstens einstimmig gespielt und träfe dabei ein oder zwei gemeinsame Töne. So ergab es ein vielstimmiges Gedudel, in dem jeder spielte, was er wollte und das klang absolut grausig in Jays Ohren.

Zoey ließ sich davon nicht abschrecken, sie ging zielstrebig genau auf das Gemeindehaus zu. Hastig beschleunigte er seinen Schritt, um sie nicht aus den Augen zu verlieren. Zoey betrat allerdings nicht das Gemeindehaus, sondern umrundete es einmal. Wollte sie auf den Friedhof? Um Zwiesprache mit ihrer Schwester zu halten?

Als Jay ebenfalls am Gemeindehaus vorüberging, suchte etwas seine Aufmerksamkeit und er hielt inne, blickte durch die schmutzigen Kellerfenster in die souterrainliegende Küche des Gemeindehauses. Zwei Herren waren damit beschäftigt, den gesammelten Sperrmüll und die Haushaltsreste in Kisten zu füllen – wieso denn das? Er hatte ausdrücklich darum gebeten, damit noch zu warten, jetzt, wo sich schon die Mordwaffe unter den Dingen befunden hatte. Er schüttelte seufzend den Kopf. Die Leute nahmen ihn entweder nicht ernst oder hörten nicht richtig zu. Er wollte sich wieder in Bewegung setzen, als er einen gellenden Schrei hörte, den kein Blasinstrument der Welt hätte übertönen können. Jay Jamesons Herzschlag setzte aus.

Zoey!

Kapitel Zehn

„Ah, bonsoir, bonsoir, Monsieur!"

Livs Überschwang beim Anblick des jungen Franzosen, der unvermittelt in der Tür stand, um seinen Führerschein abzuholen, wurde auch durch dessen weibliche Begleitung nicht geschmälert. Diese Frau war dazu geboren, flirtoffensiv zu sein.

Maggie hätte sich viel lieber mit weiteren Nachforschungen zu ihrem Mordfall beschäftigt, anstatt zwei Gäste zu bewirten, die deshalb so spät erschienen, weil sie sich auf dem Weg hierher gehörig verfahren hatten. Auf der anderen Seite war es nun mal ihr Job als B&B-Besitzerin, zu jeder Stunde Besucher zu empfangen. Dem Kerl nach seiner langen Anreise einfach den Führerschein in die Hand zu drücken, wäre der Etikette des Hauses nicht gerecht geworden. Zumal er an diesem Abend seine Freundin als Verstärkung mitgebracht hatte, was die Konversation erleichterte, denn sie beherrschte die englische Sprache weit besser als er. Liv hatte beide in den Salon geführt und den guten alten Brandy ausgepackt, wobei er dankend abgelehnt und gegen Wasser und Saftschorle eingetauscht wurde. Vernünftige Jugend. Immerhin wollten die beiden heute noch zurückfahren.

„Ich bin neugierig“, führte Liv die Konversation an, „was hat Sie überhaupt in unser verschlafenes Nest geführt?“

Louis, so hieß der liebe Junge, antwortete in seinem gebrochenen Englisch: „Oh, ich habe meinen Vater gesucht, äh, aufgesucht.“

„Ah, Sie haben Familie hier in Snugford?“, erkundigte sich Liv, wozu Louis unentschlossen den Kopf hin und her wiegte.

„Nicht direkt. Bis vor Kurzem ich wusste noch nichts von seiner Existenz.“

Maggies Aufmerksamkeit war schlagartig um hundert Prozent gestiegen. Sie blickte den jungen Mann an und fragte sich, welcher feine Herr in Snugford wohl sein Vater sein könnte. War Louis das Produkt eines Seitensprungs? Hatte der Vater ebenso wenig von seinem Sprössling gewusst? War es für beide ein Schock gewesen?

Sie versuchte, sich die Verfassung ihres Gastes in der vorherigen Woche in Erinnerung zu rufen. Ja, er war etwas durch den Wind gewesen, demzufolge könnte das Treffen auch ernüchternd verlaufen sein. Wie spannend.

Er sah nicht schlecht aus, hatte dunkles Haar, das sich leicht kräuselte, und große ausdrucksstarke Augen. Seine Stimme war angenehm – das hatte Liv mehrfach betont und Maggie nicht geleugnet. Trotzdem konnte sie spontan keine Ähnlichkeit zu irgendwem in Snugford feststellen. Er sah, bedachte sie es recht, sehr französisch aus.

Die Frage nach seinem Erzeuger lag ihr kitzelnd auf der Zunge, doch beherrschte sie sich. Seine Familienverhältnisse gingen sie nichts an. Wahrscheinlich war es Livs offene Unterhaltungskultur, die ihn von alleine mitteilungsbedürftig machte.

„Das muss eine große Überraschung für Sie gewesen sein, es zu erfahren." Liv lächelte.

Er nickte. „Meine Mutter ist schwer krank und in diesem Zuge hat sie zufällig seinen Namen erwähnt. Sie, wie soll ich sagen, sie missbilligt, sie mag nicht, dass ich ihn aufgesucht habe. Aber ihre", er wandte sich an seine Freundin Cassandra, die für ihn in perfektem Englisch übersetzte: „Die medizinische Versorgung seiner Mutter kostet viel Geld und er wusste sich nicht anders zu helfen, als sein einziges Familienmitglied aufzusuchen."

„Wusste er von Ihnen?", rutschte Maggie die Frage heraus. Sie musste sie nicht bereuen, Louis nahm sie ihr nicht übel.

„Wie es aussah, schon. Die Freude, ich muss sein ehrlich, war nicht besonders groß. Er war streng genommen … äh, entsetzt, sagt man das? Ja, er war entsetzt, mich zu sehen."

„Offensichtlich hat er Louis' Mutter ausreichend Unterhalt gezahlt, um ein Kennenlernen zu verhindern", ergänzte Cassandra, und Louis lächelte traurig. Es hatte den Anschein, es erleichtere ihn, sich diese Tatsache von der Seele zu reden.

„Dabei hat die Geschichte meiner Geburt ursprünglich sehr … romantisch begonnen, fragt man meine Mutter." Er dachte einen Moment nach, um die richtigen Worte zu finden. „Sie wusste damals ja nicht, wer er war. Ohne mir je erzählt zu haben, dass er noch lebt, kann ich die Geschichte ihres Kennenlernens in- und auswendig. Sie hat sie mir Hunderte Male erzählt. Wollen Sie sie hören?"

Liv nickte begeistert, Maggie blieb verhaltener und zügelte ihre Neugier, obwohl sie darauf brannte, davon zu erfahren. Also lehnte sich Louis zurück und er und Cassandra begannen zu erzählen.

„Es war der Sommer im Jahr 1993 und meine Mutter behauptet immer, er sei durch und durch perfekt gewesen. Sie ist eine Romantikerin und neigt zu blumiger Sprache, müssen Sie wissen. Sie verbrachte damals ihr Auslandssemester in England, studierte Musikwissenschaften und spielte leidenschaftlich gerne Orgel. So kam es, dass sie in den Dörfern in der Umgebung hin und wieder für Gottesdienste angefragt wurde, sozusagen als kleiner Nebenverdienst. Eines Abends wirkte sie hier in Snugford bei einem Sommerkonzert mit – sie hat mir einen Mitschnitt vorgespielt, es war ein besonderes Ereignis, musikalisch ein Hochgenuss. Entsprechende Rückmeldungen erhielt sie auch und nahm an den anschließenden Gemeindefestlichkeiten teil. In ihrer Erzählung war der Platz vor der Kirche mit Blumen in allen Farben geschmückt. Überall standen Tische herum, herrliche Musik erfüllte diesen Ort und die Leute drehten sich lachend zum Tanz. Maman war eine begeisterte Tänzerin und so mischte sie sich darunter, tanzte alle unter den Tisch. So nannte sie es, weil sie nach Stunden immer noch nicht müde war. Der Grund dafür war simpel. Sie wollte jemanden beeindrucken. Den einzigen jungen Mann weit und breit, der nicht tanzte. Deshalb war er ihr sofort ins Auge gestochen. Groß, sehr schlank und mit Haaren in etwa wie die meinen. Dunkel und gelockt. Sie beschatteten sein Gesicht, aus dem sie die schönsten Augen anblickten, die sie je gesehen hatte. Und er wandte sie den gesamten Abend nicht eine Sekunde von ihr ab. Angesprochen hat er sie nicht, geschweige denn, sich dazu aufgerafft, mit ihr zu tanzen. Er hat sie einzig mit seinem Blick verzehrt, und sie nur für ihn mit den Hüften gewackelt, das Haar geschüttelt und den Kopf in den Nacken gelegt. Vergebens, mehr als einen hungrigen Ausdruck ergatterte sie von ihm nicht. Maman war nicht auf den Mund gefallen, deshalb dachte sie sich: Schön und gut, wenn er nicht die Initiative ergreift, dann mache eben ich es.

Sie verliebten sich bereits nach zwei Sätzen ineinander und nach fünf hatte sie ihn dazu gebracht, doch noch mit ihr zu tanzen. Nicht vor allen Leuten, in einer abgelegenen Straße. Für sich. Natürlich blieb es nicht beim Tanz, natürlich war die Leidenschaft, die sich über einen ganzen Abend allein in ihren Blicken angesammelt hatte, zu groß, um gezügelt zu werden. Sie waren beide jung und dachten nicht darüber nach. Es war die schönste Nacht in Mamans Leben. Deshalb hat sie ihm verziehen, als sie wenige Wochen später erkennen musste, dass er ihr nicht mehr geben konnte. Dass nicht einmal ein Kind in ihrem Bauch etwas daran ändern würde. Er wollte, aber er konnte nicht. Ich habe nie verstanden, was sie damit meinte. Bis vor einer Woche, als ich hierherkam, um ihn zu treffen."

***

Jay rannte um das Gemeindehaus herum, in die Richtung, aus der er Zoey Blooms Schrei vermutete.

„Miss Bloom?", rief er in die Nacht hinaus.

Das Herz hämmerte in seiner Brust. Wo war sie? Was war ihr zugestoßen? Was hatte sie hier zu suchen gehabt? Er würde es sich nie verzeihen, wenn er zu spät käme und sie zum zweiten Opfer dieses Verrückten geworden wäre!

„Zoey?"

Wieso mussten Menschen so töricht sein und solche Aktionen nachts und in Dunkelheit durchführen? Ohne fremde Hilfe? Verfluchte Selbstbestimmung!

„Zoey? Antworten Sie!"

Keine Reaktion. Panik wallte in ihm auf. Fahrig zückte er sein Mobiltelefon. Es war endgültig an der Zeit, dass er seine Verstärkung aus dem Nachbarort oder von wo auch immer erhielt. Während er noch mit den Augen das dunkle Areal nach Zoey absuchte, machte ihn das Freizeichen in der Leitung schier wahnsinnig. Natürlich war mal wieder niemand zu erreichen! Das durfte nicht wahr sein! Weit weniger freundlich als sonst brüllte er seine Nachricht auf den Anrufbeantworter der Dienstelle: „Ich benötige dringend Verstärkung hier in Snugford, verstehen Sie!? Ehe ein weiterer Mord geschieht!"

In diesem Moment öffnete sich die Hintertür des Gemeindehauses und einige Herren traten heraus – so wie es aussah, die Mitglieder des Gemeinderats, die bis eben noch ihre Blaskonzertprobe abgehalten hatten. Father Custom führte den Trupp mit besorgter Miene an.

„Detective Chief Inspector!", rief er. „Dann habe ich mich nicht getäuscht. Ich habe einen Schrei gehört. Sie auch?"

Jay ließ das Mobiltelefon sinken. Sein Herz sank in die Hose. Damit bestand kein Zweifel mehr. Er nickte mit bangem Blick. „Ja, das kann ich bestätigen. Von wo, denken Sie, kam er?"

„Ich weiß es nicht. Vielleicht vom Friedhof? Ich war eben auf dem Weg nach draußen, hatte nur rasch bei der Probe vorbeigesehen, als ich den Schrei einer Frau gehört habe. Aber er könnte von überall um das Gebäude hergekommen sein. Ich kann es nicht sagen."

Jay nickte und gemahnte sich zur Ruhe. Sie mussten taktisch klug und schnell vorgehen, um Zoey zu finden. „Am besten wir teilen uns auf und suchen das Areal ab."

„Wissen Sie, wer da geschrien haben könnte?", erkundigte sich Father Custom und tupfte sich den Schweiß von der Stirn. Der arme Kerl war völlig aus dem Häuschen.

„Ja", erwiderte Jay und bereute, seine Waffe nicht mitgeführt zu haben. „Ich muss davon ausgehen, dass es Miss Bloom war, ich meine Zoey Bloom." Logisch. Lyla lebte ja nicht mehr. Er musste Ruhe bewahren. „Ich werde auf dem Friedhof nachsehen, der Rest schwärmt nach rechts und links aus", ordnete er an. Father Custom wischte sich den Schweiß von der Oberlippe. „Gute Idee. Ich begleite Sie."

Jay hatte nichts dagegen, der Priester dürfte sich wenigstens auskennen.

„Was für eine schlimme Tragödie." Father Custom stöhnte, derweil er hinter Jay hereilte. „Erst die arme

Lyla und nun ihre Schwester. Ich bete, wir kommen nicht zu spät."

Das wollte Jay auch hoffen. Wieso hatte er sich von den Kerlen in der Gemeindehausküche ablenken lassen? Er hätte Zoey keine Sekunde aus den Augen lassen dürfen.

Der Friedhof hüllte sich in Stille, einzig die Grabkerzen spendeten ein unheimliches Licht. Ein idealer Ort für einen Hinterhalt. Jays Augen suchten Winkel um Winkel ab, nach Zoey oder eindeutigen Spuren, die darauf hinwiesen, dass sie hier gewesen war, womöglich nach Anzeichen für einen Kampf oder etwas, das sie fallen gelassen haben könnte ...

„Haben Sie einen Verdacht, wer hinter all dem stecken könnte?" Father Custom war einer dieser Menschen, die unentwegt quatschen mussten, wenn sie nervös waren.

Jay gab nur einsilbig Antwort, versuchte auszublenden, dass er ihn ablenkte. „Kann sein."

„Ach, wirklich? Das ist erleichternd zu wissen. Ich meine, das arme Mädchen, in der Blüte aus dem Leben gerissen!"

Jay lauschte in die Nacht hinein. War da ein Rufen gewesen? Er wünschte, der Priester würde endlich aufhören, vor Angst zu brabbeln.

„Wer würde so etwas tun?"

Ja. Da rief jemand. Die suchenden Gemeindemitglieder. Zoeys Namen. Jay schüttelte den Kopf und ging langsam weiter.

„Jeder ist zu so etwas in der Lage." Davon war Jay überzeugt. Es gab keine Heiligen auf der Welt. Außer solche Leute wie Father Custom, die sich auf ewig der Kirche und dem Dienst des Herrn verschrieben hatten.

„Meinen Sie? Ja, wer weiß. Ich denke, es gibt immer einen Grund. Nicht alle waren so begeistert von ihrer neumodischen Art, nicht? Dieses wilde Teegepansche ist nicht jedermanns Sache." Er lachte leise und hüstelnd.

Jay erwies ihm die Nettigkeit, mit einzufallen, ließ die Augen über die Gräber schweifen und ... Ein seltsames Gefühl ergriff ihn. Er bezweifelte, dass Zoey hier gewesen war, der Schrei war näher gewesen. Er hielt inne, blieb stehen.

„Haben Sie Gepansche gesagt?"

Es war mucksmäuschenstill. Jay atmete aus. Seine Gedanken drehten sich im Kreis, die Papierschnipsel der Drohbriefe wirbelten dazu vor seinem inneren Auge auf. Er drehte sich langsam zu Father Custom um. Noch ehe er dessen Blick einfangen konnte, holte der Priester aus.

***

Louis hatte seine Erzählung mit einem bedauernden Lächeln beendet. Maggie saß kerzengerade in ihrem Sessel und wollte unbedingt mehr erfahren. Von welchem Jungspund war die Rede? Was war der Grund, weshalb er die charmante Französin nicht hatte lieben können? War er von zu hohem Stand? Seine Familie gegen eine Verbindung? Im Kopf ging sie alle Adelsgeschlechter des Dorfes durch.

„Bitte halten Sie mich nicht für indiskret", sagte Liv mit ihrem Lächeln, bei dem Männer jeglichen Alters dahinschmolzen, „aber nachdem Sie uns schon so viel verraten haben, ist die Neugier zu groß. Erfahren wir noch, wer Ihr Vater ist? Wir werden darüber schweigen, das kann ich versprechen."

Maggie hätte Liv für ihre perfekt gewählten Worte umarmen können.

Louis und Cassandra wechselten einen Blick, ehe er erklärte und seine Freundin mit einem Schulterzucken übersetzte: „Er hat ihn beschworen, es niemandem zu verraten. Aber da er seine versprochene ‚prompte' finanzielle Unterstützung bislang nicht getätigt hat, haben wir umgekehrt kein schlechtes Gewissen, Sie ins Vertrauen zu ziehen."

Louis beugte sich vor. „Ich wäre Ihnen nichtsdestotrotz, äh, dankbar, würden Sie es für sich behalten. Sie sind so gastfreundlich und hilfsbereit, ich will eine Ausnahme machen und Ihnen auch den Rest anvertrauen."

Nichts lieber als das. Maggie und Liv hingen an seinen Lippen.

„Ich kam hier her und hatte keine Ahnung, wer er war und wo ich ihn finden könnte. Ich folgte lediglich der Adresse auf einem Briefkopf, in dem er einmal Geld geschickt haben muss. Den Brief dazu hat meine Mutter wohl entfernt – oder es gab keinen. Jedenfalls war ich überrascht, als ich erkannte, wo er lebte." Wieder dachte er nach. „Wobei. So ergab das alles zumindest Sinn. Denn ich fand mich vor einer ... nicht Kirche ... einer Pfarrei wieder."

Maggie schlug sich die Hand vor den Mund, Liv entwich ein Laut der Überraschung.

„Sie wollen nicht sagen, dass Sie der Sohn …“

„… Ihres Gemeindepriesters bin? Doch.“

Liv und Maggie starrten einander an. Das hätten sie in hundert Jahren nicht erwartet. Father Custom. Die Unfehlbarkeit in Person. Seine ewige Frömmigkeit hatte einen Grund. Er versuchte, sich immer noch von seiner Jugendsünde reinzuwaschen!

Louis fuhr fort. „Mein Anblick hat ihm einen Schock verpasst. Er zog mich ins Haus, als ob er hätte panische Angst, jemand könnte hören, dass ich mich als sein verbotener Sohn vorgestellt hatte.“

„Zum Zeitpunkt, als er Louis’ Mutter kennengelernt hatte, war er bereits ein gemachter Priester – sein Zölibat verbot ihm, ‚um des Himmels Willen‘ eine Ehe und den Beischlaf mit einer Frau“, präzisierte Cassandra.

„Oui, und in Letzterem hatte er in jener Nacht mit Maman schwer gesündigt und sich niemals verziehen. Ich hätte mir eine wärmere Begrüßung gewünscht. Die Unterredung fand hingegen … äh …“, nach einem Hilfe suchenden Blick zu Cassandra, sprang diese ein: „Sie fand ein sehr schnelles Ende im Hausflur. Der Priester sagte Louis sämtliche Unterstützung zu, wenn dieser auf der Stelle und ohne Aufsehen oder ein Sterbenswörtchen zu verraten, wieder verschwinden würde.“

„Was ich getan habe – nicht auf der Stelle, Sie werden dennoch zugeben müssen, dass ich mich … äh, unauffällig genug verhalten habe.“

Ohne jeden Zweifel. Dass sie den Sohn Father Customs in ihrem B&B bewirtet hatten, hätte Maggie niemals vermutet.

„Sie haben sich ausgesprochen bedeckt gehalten." Livs Stimme besaß diesen zarten Hauch. „Wie geht es Ihnen damit?"

Louis blies sich ein paar vorwitzige Locken aus dem Gesicht – die Engelslocken seines Vaters! – und lächelte. „Ich denke nicht darüber nach so viel. Ich habe dreißig Jahre ohne ihn gelebt und ihn nicht vermisst. Es wäre schön gewesen, wir hätten uns mögen können, aber ich verstehe, sein Amt und sein Ruf sind wichtiger für ihn und ich werde nicht versuchen, zu halten den Kontakt. Ich nicht einmal weiß, ob ich seine Unterstützung annehmen kann. Maman wird es nicht mögen und bislang hat er sich nicht gerührt."

Er zuckte mit den Schultern und Cassandra legte ihre Hand auf seine und erklärte: „Irgendwie werden sich die Dinge hoffentlich finden. Mit oder ohne seine Hilfe."

Damit warf Louis einen Blick auf die Standuhr und stellte sein Glas ab. Cassandra verstand die Geste und erhob sich.

„Vielen Dank, meine Damen, Sie waren überaus gastfreundlich und ich bin froh, dass Louis mit jemandem darüber reden konnte. Wir sollten uns auf den Weg zu unserem Hotel in Leeds machen. Morgen geht es zurück nach Frankreich."

Was Liv und Maggie gut verstehen konnten und das nette Pärchen zur Tür begleiteten. Maggie versunken in Gedanken über Father Custom und sein unerwartetes Geheimnis. Liv übernahm die Verabschiedung ihrer Gäste. Die beiden winkten und traten in die Nacht hinaus.

Auf dem Weg zur Straße drehte sich Louis noch einmal um und raunte Cassandra etwas zu. Diese wandte sich an Liv: „Louis meinte eben noch einmal, dass er seinem Vater auch nach dessen unterkühlter Reaktion nichts Böses will. Ich persönlich halte den Mann für unverschämt, aber das tut nichts zur Sache. Louis bittet Sie, trotz der Offenheit, die wir in diesem Haus gepflegt haben, seinen Vater nicht in die Verlegenheit zu bringen, dass dieses Geheimnis im Dorf kursiert. Er denkt, es war schlimm genug, als sie auf dem Weg aus der Pfarrei mit dieser jungen Frau zusammengestoßen sind. Das hat seinen Vater sehr aufgewühlt.“

Es dauerte eine Nanosekunde, ehe Liv und Maggie schalteten. Maggie trat zu ihnen hinaus.

„Wie bitte? Die beiden haben eine Frau getroffen? In der fraglichen Nacht?“

Cassandra nickte. „Ja, eine junge Frau, die den Father auf irgendeinen Briefwechsel ansprechen wollte. Er ist vollkommen aufgelöst gewesen.“

„Wie sah die Frau aus?“ Maggie brauchte Gewissheit und Louis bestätigte prompt ihren Verdacht.

„Jung, hübsch, rothaarig. Sie war sehr liebenswürdig, mein Vater wollte sie trotzdem so schnell wie möglich loswerden. Deshalb er sich hat für den ... ich glaube verstanden zu haben, übernächsten Tag mit ihr verabredet, um ihr Anliegen zu besprechen.“

„Lächerlich“, sagte Cassandra mit einem Kopfschütteln, „sie hat bestimmt nicht angenommen, Louis und er könnten verwandt sein. Aber der Priester war komplett paranoid.“

Maggies Alarmglocken schrillten so laut, dass sie glaubte, jeder in Snugford müsste sie hören. Sie mussten auf der Stelle DCI Jameson rufen. Ihre Hand fuhr zu ihrem Mund. Sie tauschte einen Blick mit Liv und wandte sich schließlich an Louis und Cassandra.

„Verzeihen Sie die Unannehmlichkeiten, dürften wir Sie noch einmal bitten, mit ins Haus zu kommen?"

***

Was für eine Aufregung! Den armen Louis mit dem Verdacht zu erschrecken, sein Vater könnte verantwortlich für einen Mord sein, war ihr falsch vorgekommen. Aber sie konnten ihn nicht einfach wieder abreisen lassen. Jetzt, wo sich seine Geschichte mit der Lyla Blooms verbunden hatte. Auf eine ebenso überraschende wie erschreckende Art und Weise.

Sie hörte die aufgeregten Stimmen der Gäste in den Flur hinaushallen, wusste jedoch, dass Maggie sie bestens beruhigen konnte. Sie war eine famose B&B-Besitzerin und übertrieb es mit ihren nicht bestätigten Vermutungen auch nicht. Was genau sie den beiden mitteilte, hörte Liv nicht. Ihre Nerven lagen blank. Sie tigerte im Eingangsbereich des B&B auf und ab, das Handy am Ohr. Verfluchtes Freizeichen!

„Er meldet sich nicht, nur dieses Tuten", sagte sie zu Maggie, als diese in den Flur trat. Liv raufte sich durchs Haar und legte auf. „Der DCI ist nicht erreichbar. Weder mobil noch über das Festnetz im Revier." Ausgerechnet jetzt. War er etwa schon wieder beim Grübeln eingeschlafen? Das konnte sie sich angesichts seines überzeugten Aufbruchs kaum vorstellen. Irgendetwas stimmte nicht. „Ich flitze am besten rasch zum Büro rüber.“

Sie schnappte sich ihren Mantel und war schon halb zur Eingangstür heraus, als ihr Maggie hinterherrief: „Vielleicht auch zum Teeladen. Nach deiner blumigen Ansprache vorhin könnte es durchaus sein, dass er sich dort befindet.“

Wie sie immer noch so trocken daherreden konnte, war Liv schleierhaft. Ihr Herz pochte vor Aufregung, weil sie das Gefühl nicht loswurde, etwas ginge nicht mit rechten Dingen zu. Sie zwang sich, ruhig zu bleiben, als sie auf das Präsidium zu hetzte, das vollkommen verwaist dastand. Kein erleuchtetes Fenster, kein herauskommender DCI. Nichts, das auf seine Anwesenheit hinwies. Auf ihr mehrmaliges Klopfen hin regte sich nichts. Er war definitiv nicht da. Im Grunde hätte sie es wissen müssen und gleich Maggies Riecher folgen sollen.

Sie machte auf dem Absatz kehrt und stürmte zum Teeladen. Zu ihrem Entsetzen fand sie es ebenso still und stumm vor und auf ihr Sturmklingeln erfolgte keine Reaktion. Wo konnten die beiden nur sein? Jetzt wurde sie hibbelig. Ihre Füße standen keine Sekunde mehr still. Sie ging auf dem Pflaster auf und ab, dachte fieberhaft nach. In ihrer Verzweiflung fischte sie nach dem Handy und wählte Williams Nummer. Zumindest er hob dankenswerterweise sofort ab.

„Hast du mich so schnell vermisst?“

„Nein, ich meine, ja, aber deshalb rufe ich nicht an. Der DCI ist weg, es ist schrecklich, Zoey Bloom ebenfalls. Und ich werde den Verdacht nicht los …“

„Beruhige dich, Schatz. Was ist los?“

„Wir müssen etwas unternehmen. Wo bist du?"

„Ich mache gerade einen Verdauungsspaziergang …"

„Wo?", fragte Liv ungeduldig, während sie zurück zum B&B hastete.

„Ich komme eben am Gemeindehaus vorbei."

„Perfekt, bleib dort. Ich komme zu dir."

„Liv, was ist passiert?" Er sprach ruhig, während sie nicht einen zusammenhängenden Satz zusammenbekam.

„Es ist Father Custom." Für sie stand fest, dass sich Lyla Blooms Andeutungen, etwas herausgefunden zu haben, das besser unentdeckt geblieben wäre, auf den Sohn des Fathers bezogen. „Er ist in die Sache verwickelt, da bin ich sicher!" Sie erreichte das B&B und stürzte in den Flur, in dem sie auf Maggie stieß. „Warte beim Gemeindehaus auf mich, ich bin sofort da."

Sie legte auf und sah Maggie an. Diese blickte zurück.

„Das war nicht der DCI, nehme ich an."

Liv schüttelte den Kopf. „Nein, das war William. Er ist gerade beim Gemeindehaus, da dachte ich …"

„Ein vortrefflicher Gedanke, wir sollten ihn dort treffen."

Natürlich waren sie sich bezüglich Father Customs Verstrickung in diesen Fall einig.

„Es ist nahezu eindeutig, dass mit dem Briefwechsel, den Louis erwähnt hat, die Drohbriefe gemeint sind. Lyla muss herausgefunden haben, dass sie von Father Custom stammen. Sie wollte ihn an diesem Abend zur Rede stellen", fasste Maggie ihre Gedanken zusammen.

„Dieser hat in ihr eine unerwünschte Zeugin zwischen Vater und Sohn gesehen, obwohl sie das, da stimme ich Louis zu, bei diesem kurzen Zufallstreffen unmöglich ermessen konnte", spann Liv den Gedanken weiter. „Aber wer weiß, wie sich das Gespräch zwei Tage später entwickelt hat." Himmel! Liv wollte es sich nicht ausmalen. „Es muss völlig aus dem Ruder gelaufen sein und Father Custom so sehr um seine Stellung in Sorge, dass er sie erschlagen hat! Wie grauenhaft. Hättest du das von ihm gedacht?" Noch dazu als Geistlicher!

Sie jedenfalls hätte ihm diese Veranlagung niemals zugetraut. Wie es allerdings aussah, hatte er bereits in jungen Jahren einen Hang zum Regelbruch bewiesen. Den Liv ihm großzügig verziehen hätte – wer war schon sicher vor romantischen Gefühlen? –, einen Mord hingegen niemals. Das war unverzeihlich und für einen Seelsorger erst recht. Noch hoffte sie auf ein Missverständnis. Aber deutete nicht alles darauf hin, dass es sich genauso abgespielt hatte?

„Na, schön. Wir müssen Ruhe bewahren. Ich schlage vor, wir gehen zur Pfarrei. Wahrscheinlich hat Zoey Bloom etwas herausgefunden und sie und DCI Jameson befinden sich längst dort. Sollte das nicht so sein, stellen wir Father Custom zur Rede. Wir sind vertraut mit ihm. Gehen wir geschickt vor, ringen wir ihm womöglich ein Geständnis ab." Maggie verhielt sich gefasst wie immer, derweil Livs Herz vor Aufregung wie verrückt schlug. „Ich werde Louis bitten, diese Nacht hierzubleiben, und alles dafür vorbereiten. Geh du schon mal los und triff wie vereinbart William. Wenn er ein Freund von Father Custom ist, kommt uns das zusätzlich entgegen."

Liv nickte. Es war Eile geboten. Sie konnte es sich nicht erklären, etwas sagte ihr, dass sich die Dinge gerade zuspitzten.

Während sie zur Kirche und der Pfarrei sputete, wurde das Gefühl, dass etwas nicht mit rechten Dingen zuging, immer vehementer. Warum war DCI Jameson nicht erreichbar? Er trug sein Handy stets bei sich und nutzte es als Diensttelefon. Wieso fehlte von Zoey Bloom jede Spur? Was hatten die beiden herausgefunden? Oder hatten sie das überhaupt?

In ihrem Kopf wirbelten die Gedanken durcheinander und nichts ergab mehr einen Sinn. Würde der DCI nicht immer so verschusselt wirken, würde sie annehmen, er habe die Sache im Griff. Bedauerlicherweise konnte man sich darauf kein bisschen verlassen. Seine gelegentlichen Glückstreffer zählten nicht ...

„Liv!" William eilte ihr von der Kirche her entgegen. „Was sind das für unglaubliche Geschichten, die du mir da erzählst? George, ich meine, Father Custom soll etwas mit der Ermordung der Teeladenbesitzerin zu tun haben?"

Liv suchte nach seinen Händen und nickte. „Es sieht fast so aus. Und nun sind ihre Schwester und der Detective Chief Inspector verschwunden. Gut möglich, dass sie die Spur zu ihm gefunden haben und bereits bei ihm sind, aber ich habe ein komisches Gefühl. Wir müssen uns beeilen."

„Liebling, das kann nicht stimmen. George würde so etwas niemals tun!"

„Du hast keine Ahnung, was für ein Geheimnis er in sich trägt!", rief Liv. „Menschen tun die schrecklichsten

Dinge, um ihre Geheimnisse zu wahren." Sie klang fast wie ihr DCI.

„Geheimnis?", wiederholte William ungläubig. „Was für ein Geheimnis?"

Liv hätte es ihm liebend gerne anvertraut, doch das sollte ihm sein Freund, der Priester, besser selber gestehen. „Das erfährst du früh genug, sofern du uns zu ihm begleiten willst."

„Ihr wollt ihn aufgrund von haltlosen Vermutungen behelligen? Um diese Zeit?", fragte William.

„Die sind nicht haltlos, vertrau mir", erklärte Liv und setzte sich in Bewegung. „Wir treffen Maggie bei der Pfarrei. Es sei denn, du möchtest lieber hierbleiben und weiter zweifeln."

William folgte ihr. „Na gut, aber würdest du mir freundlicherweise anvertrauen, was ihr herausgefunden habt, das eine solche Anschuldigung rechtfertigen würde?"

Liv seufzte. Wenn er sowieso mit ihr ging, konnte sie ihn auch gleich ins Bild setzen. Mit der Kurzform. Sie ging schnellen Schrittes am Gemeindehaus vorbei, derweil sie ihn einweihte. Sie erkannte schon von Weitem, dass die Pfarrei in Dunkelheit gehüllt war. Dafür brannte im Gemeindehaus Licht.

Liv eilte auf den Hintereingang zu, als ihr etwas ins Auge stach. Im Gebüsch entlang der Hausfassade lag etwas, das ihr bekannt vorkam. Sie näherte sich ihm und stieß einen Schrei aus. Ihre Augen hatten sie nicht betrogen. Das war Zoey Blooms bunter Schal, ohne den Liv sie in den vergangenen Tagen nie gesehen hatte. Unmittelbar daneben fand sie noch etwas anderes, ein aufgeklapptes Buch.

„Ach herrje! Das ist Lyla Blooms Tagebuch mit Terminkalender. Zoey muss hier gewesen sein."

Ihre Augen hefteten sich auf eine seltsame Notiz, die für den achtundzwanzigsten März vermerkt war. Lyla Blooms Todestag. Liv musste sich aufmerksam über das Buch beugen, um zu erkennen, was dort stand. Jemand hatte mit dem Bleistift über die scheinbar zuvor ausradierten Worte gemalt, sodass sich nun unter der bleiernen Farbe die weißen Worte ergaben: „Treffen mit Father Custom in der Mittagspause?"

Liv ließ atemlos den Kalender sinken. William starrte sie an.

„Was hast du?" Er griff nach dem Buch. „Was steht da drin?"

Sie reichte ihm Lylas Kalender.

„Unsere Vermutungen werden immer weniger haltlos." Sie stöhnte. „Das ist der Beweis dafür, dass Father Custom und Lyla Bloom einander gesehen haben. In ihrer Mittagspause. Während Maggie und ich nichts ahnend ihren Tee getrunken haben. Und kurz darauf war sie tot. Hältst du das noch für einen Zufall?"

William starrte auf den Kalender in seiner Hand. Anschließend zu Liv. Zum ersten Mal, seit sie ihn kannte, schien er um Worte verlegen.

„Das ist absurd. Wieso sollte er das tun?"

Ein dumpfes Geräusch unterbrach ihn und Liv fuhr herum. Es hatte wie ein Pochen gegen die Wand oder eine Tür geklungen.

„Hast du das gehört?"

„Wovon redest du?"

Da, schon wieder! Ein leises Stöhnen begleitete es. Livs Augen erfassten den kleinen Anbau, der ans Gemeindehaus grenzte und als Toilettenhäuschen diente. In wenigen Schritten war sie an der Tür und versuchte, sie aufzuziehen. Sie war verschlossen. Die Geräusche kamen unverkennbar von da drin. Hastig umrundete sie das Haus und fand das winzige, hoch liegende Fenster. Indem sie sich auf die Zehenspitzen stellte, konnte sie einen Blick durch die schmutzige Scheibe erhaschen. Ihr Herzschlag setzte aus.

„William!", rief sie. „Komm schnell! Da drin ist gefesselt und ge..." Der Satz blieb ihr im Hals stecken, als sie sich umwandte und Williams bedauernden Gesichtsausdruck bemerkte. In der Hand hielt er ein getränktes Tuch. Liv wich gegen die Wand des Klohäuschens zurück. „William, was ...?"

„Es tut mir leid, mein Liebling. Du bist einfach zu neugierig."

Es gelang ihr nicht mehr, ihm auszuweichen. Er sprang auf sie zu und presste sie mit seinem Körper gegen die Hauswand, derweil er ihr das Tuch vor Mund und Nase drückte. Liv wollte sich wehren, wollte schreien, doch der süßliche Geruch von Trichlormethan stieg ihr bereits in die Nase und ihre Augen tränten. Wie durch einen Schleier nahm sie in der Ferne eine Gestalt wahr. Oder war es bloß ein Streich ihrer Sinne? Denn Sekunden darauf schwanden diese unter der Wirkung des narkotisierenden Chloroforms.

***

Jay Jameson war nicht er selbst. Zum allerersten Mal in seiner Laufbahn als Detective Chief Inspector reagierte er nicht verlangsamt. Oder es meldeten sich zum allerersten Mal in seinem Leben rechtzeitig seine Reflexe. Sein Überlebenswillen, könnte man auch mutmaßen, hätte er die Zeit zum Mutmaßen besessen. Aber wenn sich plötzlich ein Geistlicher mit einem massiven Messingkreuz in der Hand auf einen stürzte, mit der eindeutigen Absicht, ihn damit niederzuschlagen, war das vielleicht ein guter Grund, schnell zu reagieren. Das eigene Leben retten zu wollen.

Jay war ebenso überrascht wie Father Custom gewesen, als er den gezielten Schlag auf seinen Kopf mit seinem Arm abfing. Der Schmerz trieb ihm die Tränen in die Augen, sein Körper hingegen blieb beherrscht. Sekundenlang stierten sie einander an, ehe der Father erneut ausholte. Zu Jays Verwunderung war der alte Priester alles andere als heilig. Er war im Gegenteil kompromisslos und schnell und dabei offenbar entschlossen, Jay mit dem Kreuz des Herrn außer Gefecht zu setzen.

Was war los mit diesem Dorf? Seit wann verloren Priester dermaßen die Beherrschung? Jay duckte sich unter einem neuerlichen Schlag weg und schaffte es, Father Customs Handgelenk zu packen. Der Kerl war verflucht stark. Er kämpfte wie ein Tier, wand sich unter Jays Griff und stieß ihm sein Knie in die Magengrube. Jay verbiss sich ein Stöhnen, taumelte zurück. Der Priester schwang erneut das Kreuz. War der Kerl nicht ganz dicht? Und woher nahm er seine Kampferfahrung?

Jay gelang es in letzter Sekunde, seitlich auszuweichen. Die Haare fielen ihm ins Gesicht, er stöhnte, als sie ihm vor die Augen wanderten und die Sicht nahmen – lange genug, um den nächsten Schlag nicht zu sehen. Das Kreuz krachte in seine Seite. Dieses Mal entfuhr Jay ein Schmerzenslaut. Father Custom wich zurück, wohl in der Hoffnung, Jay würde in die Knie gehen. Doch der biss die Zähne zusammen und stürzte sich mit all seiner Kraft auf den Gemeindepriester. Dieser schien nicht mit einem solchen Angriff gerechnet zu haben, weshalb er von Jay von den Füßen gerissen wurde und beide stöhnend im Gras landeten. Jay reagierte schneller als sein Widersacher es vermochte, packte dessen Hand mit dem Kreuz und donnerte sie mehrfach gegen die Steinumfriedung des nebenliegenden Grabes. So lange, bis der Priester das Kreuz mit einem Schrei losließ. Ein Knacken begleitete diesen Laut.

Jay spürte einen schalen Geschmack im Mund. Er bremste sich bei dem Versuch, eine Entschuldigung zu murmeln. Ja, er hatte dem Kerl mutmaßlich gerade das Handgelenk gebrochen, aber es war eindeutig verdient. Schließlich musste er davon ausgehen, dass er mit dieser Hand schon einige Male zuvor ausgeholt hatte. Mindestens einmal mit tödlichem Ende. Daher schnappte er nun das Kreuz und schleuderte es zwischen die Gräber, packte mit seiner anderen Hand des Priesters Gurgel.

„Wo ist Zoey Bloom?", schrie er.

Father Custom röchelte, eine Antwort blieb er ihm schuldig.

„Sagen Sie schon, was haben Sie mit ihr angestellt?"

Als der Kerl immer noch schwieg, rutschte Jay die Hand aus. Sie krachte einmal in das Gesicht des Fathers – nicht wirklich schlimm, Jay hasste Gewalt, dennoch heftig genug, um den Kopf des Priesters zur Seite zu werfen und hoffentlich seine Zunge zu lockern.

„Reden Sie!"

„Sie ist im Toilettenhäuschen."

Jay zuckte zusammen. Diese Antwort war nicht von Father Custom gekommen. Sein Kopf fuhr hoch und er erkannte Mrs Maggie, die schwer atmend über ihnen zum Stehen gekommen war. „Nehme ich zumindest an. Zusammen mit Liv. Dieser Lord Coldblut hat sie gerade überwältigt, als ich zu ihnen stoßen wollte. Ich habe mich versteckt und zugesehen, wie er sie in das Häuschen geschafft hat. Wir müssen uns beeilen, DCI Jameson, ehe er ihnen noch Schlimmeres antut!"

Jay benötigte einen Moment, um die Zusammenhänge zu erfassen. Sein Blick schnellte zum Gemeindepriester.

„Lord Coldblut ist ihr Verbündeter?", zischte er.

Father Custom schien nicht in der Lage, zu antworten. Hatte er doch fester zugeschlagen als geglaubt? Das wäre ihm unangenehm, selbst wenn der Mistkerl es verdiente.

„Detective, wir müssen uns beeilen!", insistierte Mrs Maggie und Jay nickte.

Er erhob sich und zog den ramponierten Priester ebenfalls in den Stand. Gab es irgendetwas, womit er ihn fesseln konnte?

Mrs Maggie räusperte sich. „Ich habe die hier mitgenommen. Sie hatten sie liegen gelassen und waren außer Dienst. Ich dachte, sicher ist sicher." Sie hielt ihm seine Dienstwaffe hin. Er blinzelte, konnte nicht umhin, die alte Lady einmal mehr zu bewundern.

„Sie denken wirklich an alles, Mrs Maggie." Dankend nahm er die Pistole an sich und richtete sie auf den Hinterkopf Father Customs. „Gehen wir. Keine Spielchen mehr, mein Lieber. Zeigen Sie mir den Weg zum Klohaus."

***

Mrs Maggie hatte recht behalten. Sie erwischten diesen ominösen Lord, der die letzten Tage den großen Verführer von Mrs Liv gespielt hatte, wie er diese gerade an das Abflussrohr des Waschbeckens fesseln wollte. Scheinbar war sie besinnungslos.

Ob es Zufall oder eine Nettigkeit des Lords war, dass er sie auf den herausgerissenen Klodeckel gesetzt hatte, damit sie nicht auf dem kalten Boden kauern musste, ließ sich nicht sagen.

Um Zoey hatte sich der Schurke bereits gekümmert – ohne improvisiertes Sitzkissen. Sie saß geknebelt und mit zusammengebundenen Händen gegen die Wand neben der Toilette gelehnt und starrte mit geweiteten Augen zu ihnen hinauf. Trotz ihres Zustandes fiel Jay ein Stein vom Herzen. Sie sah zumindest nicht schwer verletzt aus – und weiterhin wunderschön.

Er räusperte sich und richtete seine Aufmerksamkeit auf den innehaltenden Lord Coldblut.

„So, so. Ein Mittäter. Ich möchte Sie darum bitten, Ihre Bemühungen, Mrs Liv zu fesseln, zu unterlassen. Stattdessen würde ich es begrüßen, könnten Sie, Mrs Maggie, ihm die Fesseln anlegen."

207

Jay verdeutlichte den Ernst seiner Worte, indem er seine Pistole einmal rasch vom Kopf des Priesters in die Richtung des Lords schwenkte. Dankenswerterweise verstand er und ließ sich, wenn auch mit einem bitterbösen Blick in Jays Richtung, von Mrs Maggie fesseln. Wie immer handelte diese schnell und souverän. Sie schlug sich besser als jeder Assistent, den die Behörden ihm immer noch nicht gesandt hatten. Sie übernahm es, mit den restlichen Stricken, Father Custom zu fesseln, der dabei aufstöhnte.

„Sie haben mir die Hand gebrochen", warf er Jay vor. Nun, na ja. Das stimmte.

„Das tut mir leid", sagte er in aufrichtiger Reue. „In Anbetracht der Tatsache allerdings, dass Sie mich umbringen wollten, erscheint es mir, na ja, verschmerzbar."

Von Mrs Maggie kam ein Schnauben, sie sah es ähnlich und schob den gefesselten Pfarrer zu seinem Kumpan. Womit es Jay endlich möglich war, die Waffe sinken zu lassen, um Zoey zu befreien.

Kurz blitzte dieser wunderschöne Anflug von Dankbarkeit in ihren Augen auf, ehe sie mit einem Lächeln bemerkte: „Sie machen es sich zur Gewohnheit, Frauen aus misslichen Lagen zu befreien. Ich danke Ihnen."

Er nickte, fand keine klugen Worte. „*Einmal besser als keinmal, und besser spät als nie.*"

Es gab immer einen Klügeren, der das für ihn übernahm. Zoey lachte schwach. Jay riss sich von ihrem Anblick los und beschloss, dass es an der Zeit für die endgültige Lösung des Falls war. Er heftete seine Augen auf den Gemeindepriester.

„Father Custom, hiermit beschuldige ich Sie des Mordes an Lyla Bloom!" Er sammelte seine Erkenntnisse im Kopf zusammen, ehe er weitersprach. „Ich muss zugeben, ich halte Ihre Beweggründe für ausgesprochen nieder, aber jetzt, wo die Fakten vorliegen, hätte ich es längst ahnen müssen. Kein einziges Mal haben Sie auf Veranstaltungen und Teekränzchen von Lylas Sortiment gekostet, ihre Blicke der jungen Dame gegenüber hätten längst Bände für mich sprechen sollen. Vorhin haben Sie sich außerdem eindeutig als der Drohbriefschreiber enttarnt, indem Sie sich selbst zitiert haben! Wildes Teegepansche, erinnern Sie sich? Das ist ein derart extraordinärer Ausdruck, dass er nicht zufällig von zwei Personen stammen kann."

Der Priester lachte auf. „Soll das Ihre Beweisführung sein? Ein paar unsinnige Phrasen?"

„Nein", widersprach Jay. „Viel eindeutiger ist das hier." Er hob das Snugforder Gemeindeblatt hoch, das Zoey früher am Abend verloren hatte. „Fälschlicherweise bin ich bislang davon ausgegangen, die Drohbriefe seien mittels Zeitungsschnipseln verfasst worden. Beim Anblick dieser besonderen Lettern auf dem Gemeindeblatt fiel mir jedoch auf, dass es sich um eine bestimmte Schriftart gehandelt hat, die so nicht in Zeitungen, sehr wohl aber in diesem Blättchen vorkommt. Soweit ich weiß, lassen Sie sie in der Gemeindedruckerei herstellen? Lyla Bloom muss das ebenfalls herausgefunden und sie mit der Wahrheit konfrontiert haben. Es kam zum Streit und Sie haben sie erschlagen."

Ob im Affekt oder nicht, ließ sich nicht so genau sagen, er schien ein irritierend kampferprobter Priester zu sein.

„Das ist lächerlich!", rief Lord Coldblut. „Niemand mordet, weil eine Querulantin gegen die Teekonventionen verstößt."

Teekonventionen? Es wurde immer toller.

„Es gibt die absurdesten Gründe für einen Mord!", widersprach Jay. Wenn man schon an Teekonventionen festhielt. „Wobei ich, wie eingangs angeführt, zustimme, dass es äußerst niedere Beweggründe sind. Sie reichen im Zusammenspiel mit den Taten des heutigen Abends für eine Verhaftung aus."

„Mag sein. Trotzdem wird man die Anklage fallen lassen, weil sie völlig hanebüchen ist", sagte der Lord mit einem kaltblütigen Lächeln, in dem Jay zu sehen glaubte, dass dieser Mensch sein Vermögen dafür einsetzen würde, seinen Freund freizukaufen. So weit durfte er es nicht kommen lassen. Es stimmte, dass er nicht gerade mit einer erdrückenden Beweislast aufwarten konnte.

„Wenn Sie erlauben, DCI Jameson, kann ich das Motiv etwas vertiefen." Mrs Maggie trat vor. Mit einem dünnlippigen Lächeln betrachtete sie den Gemeindepriester. „Der Tee war lediglich die Kirsche auf der Torte, habe ich recht, Father Custom? In der Tat ein absurder Grund zu morden, so verrückt diese zuweilen sein mögen. Aber, dass Miss Bloom Ihr all die Jahre sorgsam gehütetes Geheimnis aufgedeckt hat, konnten Sie nicht akzeptieren."

Jay blinzelte. Sorgsam gehütetes Geheimnis? War ihm etwas entgangen? Oder hatten die beiden Ladys wieder versäumt, ihm eine Einzelheit zu verraten? Mrs Maggie deutete seinen Blick nicht falsch.

„Wir haben heute Abend Besuch erhalten. Von unserem jungen Franzosen, erinnern Sie sich, DCI Jameson?"

Vage. Der Bursche mit dem vergessenen Führerschein. Er nickte, was Mrs Maggie zum Anlass nahm, ihn in eine Geschichte einzuweihen, die er niemals erwartet hätte und die der Zufall gerade zur rechten Zeit nach Snugford gebracht hatte.

So, so. Father Custom besaß einen Sohn. Das hätte ihn nicht verwundern dürfen. Es waren am Ende immer die Priester, die in solche Geschichten verstrickt waren. Father Custom sah aschfahl aus, die Zähne fest zusammengebissen. „Lächerlich. Ich habe keinen Sohn, das ist ein …"

Mrs Maggie hob einen Finger. „Besagter Sohn befindet sich gegenwärtig in unserem B&B, Father Custom, und er kann bestätigen, dass Sie beide an jenem Abend Lyla Bloom getroffen haben und es zu einer Verabredung mit ihr kam. Für den achtundzwanzigsten März."

„In ihrer Mittagspause!" Nun schaltete sich Zoey ein. „Das verrät ihr Terminkalender. Sie waren clever genug, den Beweis dafür auszuradieren, aber ich habe ihn wieder herbeigezaubert!"

Aha. Noch so ein Detail, das man Jay gerne früher hätte mitteilen können.

„Womit wir nicht nur den Todestag Lyla Blooms, sondern auch den Zeitpunkt festgehalten hätten", schlussfolgerte er. „Ich ergänze somit: Miss Bloom war Ihnen schon lange ein Dorn im Auge, weil sie Ihre Teekonventionen nicht eingehalten hat. Als ausgerechnet sie es dann war, die Sie mit Ihrem verbotenen Sohn erwischt hat, sind die Sicherungen endgültig durchgebrannt und Sie beschlossen, sie zum Schweigen zu bringen!"

Er schaute erwartungsvoll zu Father Custom.

Dieser blickte zurück. „Ich muss das berichtigen. Ganz so war es nicht."

***

Snugford, 28. März

Genau zur Mittagspause in Lyla Blooms Small Teahouse

Das unangenehme Odeur zu vieler unpassender Aromen, übertrieben geschmackvoll ineinander gemischt und damit absolut widerlich für Gaumen und Nase, stieg Father Custom in jene, als er das Haus Lyla Blooms betrat. Es bereitete ihm Übelkeit. Nicht so sehr wie ihr Lächeln. Ja. Sie lächelte ihn mit dieser falschen Liebenswürdigkeit an. So falsch wie der Teufel selbst.

Er hatte die gesamte Nacht kein Auge zugetan, sich das Hirn zermartert, wie diese Unterredung ablaufen würde, und nun, da er vor ihr stand, waren seine Argumente versiegt. Er musste sie davon überzeugen, kein Wort zu verraten, aber versuche, das mal einer Teeladenbesitzerin deutlich zu machen. Solche Wesen waren von Natur aus geschwätzig und er würde von heute an in ständiger Angst leben.

„Ich freue mich, dass Sie es einrichten konnten, vorbeizukommen." Sie fing ohne Umschweife an. Abgebrüht wie ihr Tee. „Ich hoffe, wir finden zu einer schnellen Einigung."

212

Father Custom brach der Schweiß aus. Eine schnelle Einigung. Hatte sie vor, ihn zu erpressen? Diese kleine Jungendverfehlung würde ihn für den Rest seiner Tage melken.

„Ich weiß nicht, was genau es ist, was Sie an meinem Tee oder meinen Methoden auszusetzen haben. Ich bin gerne bereit, mir Ihre Bedenken anzuhören. Davor muss ich Sie allerdings bitten, mit diesen Drohbriefen aufzuhören. Wir sind doch erwachsene Menschen.“

Die Drohbriefe. Wie hatte sie herausgefunden, dass sie von ihm stammten? Er hatte sich bemüht, Spuren zu verwischen, immer seine Handschuhe getragen und eine Handschrift verhindert.

„Ich habe lediglich versucht, mit meinem Sortiment etwas Neues zu kreieren ...“

„Das hier ist ein altes Dorf“, entfuhr es Father Custom. „Wozu Neues schaffen, wenn das Altbewährte Sicherheit bietet!“

Er liebte den Geruch von Earl Grey und konnte sich auf dessen anregende Wirkung verlassen. Was sollten die Menschen bitte mit nichtssagenden Sorten wie *Punschfreude* und *Sommersonnenküsse* anfangen?

Lyla Bloom nickte. „Sie sind der Meinung, ich bringe Unsicherheit nach Snugford?“

„Ja, allerdings!“ Er wusste, dass sie jeden Augenblick auf das eigentliche Thema zu sprechen kommen würde, das rufschädigende, tödliche Thema, das ihm die Verachtung aller und das Ende seiner Existenz bescheren würde.

„Das liegt mir fern“, sagte die Teeladenbesitzerin. Wie schafften es diese Leute immer, so reizend zu bleiben, so lieb und nett? „Was schlagen Sie vor, das ich tun kann, um Ihnen diese Sorge zu nehmen?"

Er starrte sie an. Was erwartete sie von ihm? Sollte er zu allem Überfluss eigens den Betrag nennen, mit dem er sich freikaufen konnte? Die Schweißperlen auf seiner Stirn rannen über seine Schläfen abwärts. Er war müde und erschöpft, seine Augen brannten. Er musste sich zwingen, seiner Stimme Ruhe zu verleihen. Ruhe und Nachdruck.

„Hören Sie, ich bitte Sie, über das, was Sie herausgefunden haben, Stillschweigen zu bewahren. Ich habe für meine Sünden gebüßt und ich werde nicht zulassen, dass Sie mir mit Ihrer penetranten Teeladenbesitzerinnenart einen Strick drehen!"

„Penetrante Teeladenbesitzerinnenart?", wiederholte sie. „Sie halten mich für penetrant, nur weil Ihnen mein Tee zu aufdringlich ist? Dabei sind Sie es, der Drohbriefe verschickt, Sie sind es, der mich einzuschüchtern versucht. Während Sie gleichzeitig sonntags die Güte des Herrn predigen und uns anhalten, einander zu lieben und zu verzeihen. Von einem Priester hätte ich etwas mehr Toleranz und Ehrlichkeit erwartet."

Jetzt war es raus, sie offenbarte ihr wahres Gesicht, das liebliche Lächeln war verschwunden.

„Ich bin ein guter Priester, ich habe diese eine einzige Verfehlung begangen und dafür gebüßt. Sie wagen es nicht, mich dafür zu verurteilen! Ich bin tolerant und ehrlich!", schrie er.

Lyla trat einen Schritt zurück und verschränkte die Arme vor der Brust. Eine Drohgebärde.

„Wären Sie das, würden Sie sich anders verhalten. Ich hatte gehofft, wir könnten uns wie friedliche Menschen unterhalten. Mir scheint jedoch, Sie wollen mich weiterhin einschüchtern. Wenn Sie so weitermachen, sehe ich mich gezwungen, die Polizei einzuschalten."

Father Customs Herzschlag setzte aus. Sie wollte es öffentlich bekannt geben. Rufmord begehen. Ihn absetzen! Nach all den Jahren musste er sich von einer dahergelaufenen Neubürgerin bedrohen lassen.

„Das werden Sie nicht, ich warne Sie, es gibt keine Beweise."

„Ich denke, ich habe ausreichend Beweise in meiner Hand", erklärte sie. „Und ich werde mit ihnen zum Detective Chief Inspector gehen."

„Beweise! Die haben Sie nicht."

„Wollen Sie sie sehen?" Sie wandte sich ab und stürmte in den Flur hinaus.

Das war zu viel. Die Sicherungen brannten schneller durch, als er sich fragen konnte, welche Beweise sie gegen ihn in der Hand hatte. Er konnte nicht zulassen, dass sie sein Leben zerstörte. Das war nicht gerecht und Gott würde ihm beipflichten. Seine Hand fasste nach dem ersten Gegenstand, den er finden konnte. Eine Teekanne, wenn ihn nicht alles täuschte. Er folgte Lyla Bloom in den Flur, der Kannendeckel flog durch die Luft, Lyla fuhr zu ihm herum. „Was ...?" Die Überraschung in ihren Augen wich Unglauben.

„Sie werden niemandem davon erzählen, dass ich einen Sohn habe!", schrie er.

Lyla Bloom sah ihn mit geweiteten Augen an. „Sie haben einen Sohn?"

Sekundenlang regten sich weder er noch sie, ehe die Erkenntnis in sein Bewusstsein sickerte, dass sie einander missverstanden haben mussten. Sie verteufelte ihn einzig für seine Drohbriefe, erkannte er alarmiert. Allein durch seine Unbeherrschtheit kannte sie nun die Wahrheit. Seine Hand umklammerte immer noch die Teekanne.

Lyla Bloom öffnete den Mund. „Father ...“

Jetzt erst hatte sie ihn in der Hand, und mit dieser Gewissheit war er nicht mehr Herr über seine eigene. Sie sauste auf den Schädel seiner Widersacherin nieder und ohne einen einzigen Laut von sich zu geben, sank die Teeladenbesitzerin zu Boden. Blut sickerte aus der Wunde an ihrem Kopf. Viel Blut. Sekunden verstrichen. Minuten. Father Custom starrte auf die Frau zu seinen Füßen, starrte, bis sich der Blick trübte und ihm schwindelte. Was hatte er getan?

Das war nicht er gewesen, es konnte nicht seine Tat sein!

Er ging rückwärts, bemerkte voller Entsetzen seine Fußabdrücke auf dem Boden. Er wandte die Augen zu der Kanne in seiner Hand. Sie wog schwer, belastete ihn. Hatte ihn zum Mörder gemacht. Wie hätte eine harmlose Kanne so etwas anrichten können? Er starrte auf die Frau am Boden. War sie wirklich tot? Immer mehr Blut sickerte aus der Wunde an ihrem Kopf und er begriff, dass sie sehr tot war. Wie in Trance schnappte er sich eines der Tücher, das sich die Teeladenbesitzerin immer um den Kopf wickelte und das an ihrer Garderobe hing, wischte damit hastig die Beweise seines Hierseins fort, stolperte durch den Flur zur Tür und hinaus ins Freie.

Niemand war zu sehen, aber er musste so schnell wie möglich verschwinden. Noch im Davonhasten erkannte er, dass er immer noch Tuch und Kanne in der Hand hielt, stürmte zurück und bemerkte neben der Tür den Karton mit ausgedienten Haushaltsgegenständen. Richtig! Es war bald wieder Sperrmüll. Er warf beides in den Karton. Das Blut an der Kanne stach blitzend hervor. Father Custom unterdrückte einen Fluch und fuhr eilig mit dem Tuch überall darüber, sah über die Schultern zurück. Immer noch keine Menschenseele auf der Straße. Nichts wie weg! Das blutbesudelte Tuch nahm er mit.

Erst als er atemlos und verschwitzt seine Pfarrei erreichte und gegen die Haustür sank, wurde ihm bewusst, dass er die Kiste mit dem Sperrmüll sofort hätte entsorgen können. Wenn nun jemand die Kanne fand?

Nein. Er würde sie nicht vor dem Abholtag mitnehmen. So wie es sich gehörte. Alles andere wäre auffällig.

Woher kam diese räsonable Stimme?

Father Custom fuhr sich durch die Locken. Was hatte er getan?

***

Stille herrschte im Klohäuschen des Gemeindesaals. Father Customs Geständnis sprengte den kleinen Raum. Die Umstände von Lyla Blooms Tod erschienen in diesem Moment noch sinnloser, noch ungerechter. Der Ausdruck von Wehmut und Verzweiflung in des Fathers Gesicht verursachte in Jay einen Anflug von Mitgefühl. Die Umstände, die ihn zum Mörder gemacht hatten, waren tragisch und er wusste, dass der Priester kein schlechter Mensch sein wollte.

Er verlagerte das Gewicht seines Körpers auf das rechte Bein. Seine linke Flanke tat höllisch weh, war dagegen nichts im Vergleich zu dem Schmerz, der ihn beim Anblick von Zoey erfüllte. Zum ersten Mal sah er ihre Augen voller Tränen glitzern. Er hatte recht behalten. Menschen mordeten aus den verrücktesten Gründen. Mochte Father Custom es nicht gewollt haben, er hatte dennoch statt zur Vernunft zur Teekanne gegriffen. Ein paar Worte zur rechten Zeit und das Unglück hätte abgewendet werden können.

„Ich weiß nicht, was in mich gefahren ist", flüsterte er noch einmal. „Der Teufel muss meine Hand geleitet haben!"

Sein Gerede ließ Jay aufhorchen. Es war Schall und Rauch in Anbetracht der Tatsache, dass von Reue keine Rede sein konnte. Er hatte an diesem Abend versucht, zwei weitere Zeugen auszuschalten.

„Das kann ich Ihnen nur schwer glauben. Als heute Abend Zoey Bloom mit dem Terminplaner ihrer Schwester bei Ihnen auftauchte, haben Sie von dieser Reue, die Sie heucheln, nicht viel besessen. Sie dachten wohl, auf einen weiteren Mord kommt es jetzt nicht mehr an."

Father Customs Lippen zitterten. Es war Lord Coldblut, der für ihn antwortete. „Da muss ich widersprechen, weil er es nicht war, der Miss Bloom zum Schweigen bringen wollte. Sondern ich."

Alle Augen richteten sich auf ihn. Jay gelang es mit Mühe, seine erneute Irritation zu verbergen. Dieser Fall hatte ihm zu viele unerwartete Wendungen. Was in

Ordnung gewesen wäre, hätte das Privileg bei ihm gelegen, sie zu enthüllen. Der Lord seufzte.

„Ich war es einem guten Freund schuldig, ihm Ärger vom Hals zu halten." Er sah in die Runde. Etwas in seinen Augen beunruhigte Jay, doch scheinbar war seine Geistesgegenwart für den heutigen Abend aufgebraucht, denn er reagierte gewohnt verzögert auf das, was als Nächstes geschah. „Das werde ich weiter versuchen."

Damit hechtete der Lord auf Jay zu. Er hatte sich während des Gesprächs irgendwie seiner Fesseln entledigt und außerdem gut genug beobachtet, wo Jay am verwundbarsten war. Seine Faust traf Jays linke Flanke. Dieser ging stöhnend in die Knie und seine Waffe entglitt seiner Hand. Lord Coldblut stürzte sich auf sie. Jay hörte bereits den sich lösenden Schuss.

Das Geräusch, das stattdessen an sein Ohr drang, klang dumpfer. Eine Sekunde später sackte der Lord neben ihn auf den Boden. Jay sah auf und erkannte Mrs Liv mit erhobenen Armen über sich. Sie war aus ihrer Besinnungslosigkeit erwacht. In den Händen hielt sie den Klodeckel, auf den sie gesetzt worden war und der ihr somit als Instrument dienen konnte, ihrem ehemaligen Liebsten damit eins über den Schädel zu ziehen. Das hatte man von seiner falschen Galanterie. Mrs Liv erwiderte Jays Blick mit einem grimmigen Nicken. Das musste man diesen beiden Ladys lassen, ihr Timing war perfekt.

Kapitel Elf

Hinterm Wald ging die Sonne auf, strahlend schön und die ersten Knospen an den Bäumen und Sträuchern wach küssend, was Snugford für gewöhnlich nicht daran hinderte, einfach weiterzuschlafen. Der Tag begann für alle frühestens um acht, weil es schlichtweg eine Verschwendung gewesen wäre, früher aufzustehen. Es gab nichts zu erleben und im Morgengrauen noch weniger.

Das war an diesem Tag anders. Immerhin war ein Mörder überführt worden. Was für eine kleine Gruppe von Menschen bedeutete, dass sie gar nicht erst geschlafen hatte. Für andere, dass sie von etwas Unerwartetem aus den Betten gerissen wurden. Weil um sechs Uhr dreißig morgens unter lautem Sirenengeheul zwei polizeiliche Dienstwagen in ihr Dorf einrollten.

„Ah, die Verstärkung", murmelte DCI Jameson mit einem müden Lächeln.

Liv erinnerte sich, dass er sie schon am Abend, als sie die Mordwaffe sichergestellt hatten, angefragt hatte und wohl ein weiteres Mal am gestrigen. Nun begrüßte er die Detectives und Constables mit einem Handschlag, um ihnen im Anschluss mitzuteilen, dass sie nicht länger benötigt würden.

„Inzwischen konnte der Mörder dingfest gemacht werden."

Während er den Fall in allen Einzelheiten darlegte – vor den Augen und Ohren der Snugforder –, löste sich Liv aus der Menschentraube aus Mitermittlern und ging zurück zum Polizeipräsidium. Ihre Absätze hinterließen einen unregelmäßigen Rhythmus auf dem Pflaster. Sie trat in den Flur, der ihr in den letzten Wochen vertraut geworden war, und auf den Verhörraum zu. Es gab bloß eine Zelle und die war dem Mörder vorbehalten. Deshalb saß William mit Handschellen in dem Raum, in dem sie Alec Swan und Rowan Flemming verhört hatten. Er sah auf, als Liv die Tür öffnete, und besaß die Dreistigkeit, sie anzulächeln.

„Liebling", setzte er an, doch sie unterbrach ihn: „Nenn mich nicht so."

Sie sank ihm gegenüber auf einen der Stühle und fixierte ihn mit den Augen. „Hast du auch nur eine Sekunde aufrichtig etwas für mich empfunden?" Wunderbar. Das Vorhaben, sich ihre Verletzung nicht anmerken zu lassen und die Coole zu mimen, war prächtig misslungen. „Oder warst du von Anfang an dazu da, um mich von den Ermittlungen abzulenken?"

„Wie bitte?" William sah aus, als hätte sie ihm ins Gesicht geschlagen. „Wie kannst du das von mir denken? Ich liebe dich. Keine meiner Empfindungen waren vorgetäuscht. Wir haben uns kennengelernt, noch ehe George diese Frau getötet hat. Ich habe mich von der ersten Sekunde an in dich verliebt und diese Geschichte hat nichts daran geändert."

Das sah Liv anders. Sie konnte keinen Mann lieben, der einem anderen Beihilfe zum Mord leistete.

„Ich habe niemanden ermordet und hatte es auch nicht vor", sagte er mit diesem flehentlichen Blick, der sie fast zum Schmelzen brachte, weil eben verflucht schön und verführerisch. William seufzte. „Es stimmt. Nachdem George mir von seiner Misere erzählt hat, hätte ich ihn überreden müssen, sich zu stellen. Aber er ist ein zu guter Freund und seine Beweggründe kann ich verstehen. Er hat sehr darunter gelitten, was er getan hat. Schon als ihr mit der Teekanne vor ihm standet, habe ich in seinen Augen gesehen, dass er kurz davor war, die Nerven zu verlieren. Er ist kein bösartiger Mörder, versteh das. Ich musste ihm helfen. Als Zoey gestern auftauchte, mit diesem Terminkalender in der Hand, hatten wir gerade das Gemeindehaus zusammen verlassen. Er war entsetzt, als ich sie, ohne nachzudenken, niederschlug. Er hätte versucht, es anders zu regeln, das weiß ich. Ihm blieb keine Wahl, nachdem ich so kopflos gehandelt hatte. Wir haben sie ins Toilettenhaus geschafft und gerade noch rechtzeitig ihre Sachen ins Gebüsch geworfen, ehe dein DCI um die Ecke kam. Um den Verdacht von sich zu lenken, hat George behauptet, den Schrei ebenfalls gehört zu haben. Es war nicht in seinem Sinn, den Detective anzugreifen, die Sache wurde bloß immer verfahrener.“

Liv lachte auf. „Und beim Versuch, Zeugen zu beseitigen, hätte er nach und nach das halbe Dorf getötet und du würdest es rechtfertigen. Ihr macht Sport zusammen, ja? Ich nehme an, es handelt sich um Kampfsport!“

William presste die Lippen aufeinander. „Na und? Er ist ein guter Mann. Er hat mir geholfen, als ich am Boden war, als ich nichts mehr hatte, und seit seiner Jugendverfehlung hat er nie wieder gesündigt.“

„Doch. Vor einer Woche. Und gestern Abend.“

William sah sie mit traurigen Augen an. „Kannst du ihn nicht mal entfernt verstehen? Kannst du seine Furcht nicht nachvollziehen?“

Liv dachte darüber einen flüchtigen Moment nach. „Selbst wenn, ich kann keinen Mord verzeihen. Lyla Bloom hatte ihr gesamtes Leben noch vor sich. Er hat zwei Leben zerstört. Damals das seiner Geliebten, indem er sie im Stich ließ, und letzte Woche das einer Fremden, indem er ihr Leben beendete! Alles für seine Haut als Priester.“

Sie erhob sich. Sie begriff nicht, weshalb sie noch einmal hergekommen war. Sie hatte gewusst, dass sie ihm nicht verzeihen konnte. Egal ob er ihr seine Liebe beteuerte.

„Liv, bitte. Ich ... Es tut mir leid, was ich dir angetan habe. Ich wusste nicht, was ich anderes hätte tun sollen. Was kann ich sagen, damit du mir vergibst?“

Sie hätte sich gewünscht, es gäbe etwas. Sie hätte nichts lieber getan, als die Güte zu besitzen, ihm zu verzeihen. Um noch einmal seine Lippen auf ihren zu spüren, die Zwanglosigkeit der vergangenen Tage.

„Nichts. Du hattest die Chance, das Richtige zu tun. Du hast dich dagegen entschieden, um einen Mörder zu schützen.“ Sie strich sich eine Strähne aus dem Gesicht. „Ich danke dir für die letzten Tage. Sie waren wunderschön. Bedauerlicherweise nicht schön genug, um darüber hinweg zu sehen, dass du die eine Grenze überschritten hast, die mir heilig ist. Ob du gemordet hast oder bloß einem Mörder geholfen hast, ist dabei nicht relevant.“ Sie wandte sich ab, um die letzten Worte zu sagen, ohne dass er ihre feuchten Augen sehen konnte. „Leb wohl.“

Damit schritt sie aus der Polizeistation und auf den Platz hinaus. Einen Moment stand sie dort. Verloren. Ihre Lippen zitterten, ihre Nasenflügel bebten. Sie schluchzte und ließ den Tränen freien Lauf. Sie kullerten über ihre Wangen und Liv wischte sie nach und nach fort. Ihr Herz schmerzte, aber es war nicht gebrochen. So schnell brach niemand das Herz von Liv Oldstep. Damit versiegten die Tränen und Liv atmete tief durch. Tja. Was sollte es. Andere Lords waren auch nicht zu verachten ...

***

Der Fall war gelöst. Jay Jameson atmete auf. In dem Augenblick, in dem die Verstärkung wieder abfuhr, mit zwei Verbrechern auf der Rückbank, um die er sich von heute an nicht mehr kümmern musste, fiel ihm ein Stein vom Herzen. Snugford war wieder sicher. Vor einem Mörder. Vor falschen Schlüssen und Beschuldigungen. Vor der Unsicherheit.

Zu seiner Erleichterung schienen ihm die Leute, nachdem er den Mörder erfolgreich gefasst hatte, nicht länger nachzutragen, dass er sich zu der ein oder anderen vorschnellen Verdächtigung hatte hinreißen lassen. Sie gratulierten ihm zu seiner schnellen und gründlichen Lösung vom Mord an Lyla Bloom – vergessen und vergeben.

„Aber dieser Father Custom, was für eine Schande! Und dem haben wir sonntags unsere unmaßgeblichen Sünden gebeichtet."

Die Dorfgemeinschaft war sich bezüglich der Schuldigkeit des Priesters einig und vollkommen entsetzt über sein Vorgehen.

„Wir hätten ihm den Sohn nicht übel genommen, wir sind doch alle aufgeklärt. Um so etwas zu vertuschen, mordet man nicht."

Exakt, dachte Jay, bezweifelte allein, dass diese Menschen Father Custom seinen Fehltritt tatsächlich so tolerant verziehen hätten. Er lebte lange genug hier, um zu wissen, dass sie engstirnig waren und andere gerne in Schubladen steckten. Nein, nein, dieser Priester hätte einpacken können, hätte er bekannt gegeben, nicht nur ein geistlicher, sondern auch fleischlicher Vater zu sein. Insofern konnte Jay die Furcht Father Customs verstehen.

Mrs Maggies Worte kamen ihm wieder in den Sinn: *Jeder Mensch kommt einmal an einen Punkt, an dem ihm die Gefühle den Blick vernebeln, und dann die richtige Entscheidung zu treffen, ist gewiss nicht leicht.*

Das Gespräch lag noch nicht sehr lange zurück und er hatte schon damals vor ihrer Meinung den Hut gezogen. Sie war eine weise, alte Dame, das musste er ihr lassen.

Sie stand bei Zoey Bloom, die, von den restlichen Dorfbewohnern umringt, die Ereignisse der vergangenen Nacht schilderte. Sie gab sich alle Mühe, freundlich zu sein, obwohl ihr der Schrecken noch in den Gliedern saß und sie sich bestimmt nach Ruhe und ihrem Bett sehnte. Bei ihrem Anblick kehrte das Unverständnis wieder zurück, ebenso wie die Wut, und Jay wusste, dass er zwar nachvollziehen konnte, was den Father geleitet hatte – und der Teufel war es nicht gewesen –, aber niemals verzeihen, dass er nicht einen anderen Weg gewählt hatte. Es hätte in seiner Macht gestanden.

Sei es, wie es sei, er sollte die arme Zoey davon erlösen, von ihren Mitbewohnern gelöchert zu werden.

„Meine lieben Bewohner von Snugford. Gönnen Sie Miss Bloom eine Verschnaufpause. Sie hatte eine anstrengende Nacht."

Nicht seine Worte. Wie immer war er zu langsam gewesen und stattdessen Mrs Liv ihm zuvorgekommen. Ihre Worte erzielten eine größere Wirkung, als die seinen es getan hätten, denn die Snugforder räumten den Platz. Es würde ja noch genug Zeit geben, zu tratschen. Spätestens bei der nächsten Teegesellschaft im B&B.

Zurück blieben seine beiden Betreiberinnen, Zoey Bloom und Jay, der sie alle drei anlächelte.

„Tja", murmelte er. „Der Fall wäre gelöst."

Zoey Bloom schenkte ihm ein unfassbar hübsches Lächeln. „Ja, ich danke Ihnen sehr. Für alles."

Er bemühte sich, nicht zu dämlich zu grinsen und mitnichten zu erröten. Ob es ihm glückte, wusste er nicht.

„Was haben Sie nun vor, Miss Bloom?", fragte Mrs Liv und beendete die peinliche Pause, die bei seinem Versuch, nicht zu erröten, entstanden war.

Zoey lächelte. „O, ich denke, ich werde noch eine Weile hierbleiben. Lylas Traum weiterleben. Jetzt, wo es niemanden mehr gibt, der etwas an ihm auszusetzen hat. Ich finde, das bin ich ihr schuldig."

Spätestens mit diesem Geständnis war Jay nicht länger in der Lage, das dämliche Grinsen zu unterlassen.

„Dann überlegen Sie, Ihre Lehrtätigkeit nach dem Sabbatical zu beenden?", erkundigte sich Mrs Maggie.

Zoey nickte. „Zumindest zu reduzieren. In Snugford gibt es außerdem auch eine Schule, habe ich gehört. Im Moment will ich Lyla so nah wie möglich sein. Das geht am besten hier."

Mrs Liv wiegte den Kopf hin und her. „Hält Sie nichts mehr in Kendal?"

Warum stellten die beiden ihr all diese Fragen? Wollten sie sie etwa überreden, dortzubleiben? Jay räusperte sich, um das Gespräch in eine neue Richtung zu lenken, als Mrs Liv diese eine Frage stellte, die für ihn interessant war.

„Gibt es dort keinen Freund oder Geliebten, der auf Sie wartet?"

Jetzt wurde er vielleicht doch noch rot. Weil er die Luft anhielt vor Aufregung.

Zoey winkte ab. „O nein, ganz sicher nicht. *Unter faulen Äpfeln gibts nicht viel Wahl.*" Sie zwinkerte Jay zu. „Aber für den Moment würde ich gerne Ihren Worten nachkommen und mich etwas ausruhen. Es war eine anstrengende Nacht."

Damit wandte sie sich mit einem letzten Nicken um und ging auf den Teeladen ihrer Schwester zu. Jay blickte ihr versonnen nach. Der Widerspenstigen Zähmung. Hatte sie bewusst daraus zitiert? War das ein gutes oder ein schlechtes Zeichen? Oder überhaupt eines?

„Detective, Detective Chief Inspector, wir hätten noch ein paar Fragen!"

Ein so unerwarteter Überfall, dass Jay auch ohne ein ausgiebiges Versinken in seiner Gedankenwelt zusammengezuckt wäre. Zwei Burschen und ein Mädchen sahen ihn aufmerksam an. Liv grinste.

„DCI Jameson, das sind die Mitglieder des SFR, des Snugforder Radios. Sie haben letztes Jahr eine eigene Sendung ins Leben gerufen und ich nehme an, sie würden sich über ein Interview freuen."

Ein Interview? Mit ihm? Jay strich sich verlegen das Haar aus dem Gesicht. „O, nun, na gut."

Das versprach peinlich zu werden …

„Hatten Sie von Anfang an Father Custom in Verdacht?", erkundigte sich das junge Mädchen und hielt ihm ihr Mikrofon unter die Nase.

Jay räusperte sich. „Ehm, nein."

Mrs Maggies Mundwinkel zuckten.

„Wann sind Ihnen die Erkenntnisse dazu gekommen?", fragte einer der Jungen weiter.

„Na ja, nun, gestern Abend haben sie sich offenbart. Davor …" Er verlagerte das Gewicht auf sein linkes Bein.

„Davor ist der DCI einer Menge anderer Spuren gefolgt." Mrs Liv ergriff mit einem Zwinkern das Wort. „Alle vielversprechend. Immer Finten."

Mrs Maggie stand neben ihr und schwieg.

Das Mädchen richtete ihr Mikro wieder auf Jay. „Das muss nervenstrapazierend gewesen sein. Diese Verantwortung, die Erwartungshaltungen und all das. Da lastete einiges auf Ihren Schultern."

Jay nickte. Was in der Sendung niemand hören würde, daher erklärte er: „Na ja, ja. Wäre es einfach … nun, dann …"

„Benötigte die Welt keine Detective Chief Inspectors", sagte Mrs Liv, deren Stimme ohnehin viel klangvoller für eine Radiosendung war als seine. Sie setzte dem ein Lachen hinterher. Die Radiocrew fiel ein. Mrs Maggie lächelte knapp.

„Eine letzte Frage. Sie haben im Grunde nur eine Woche für die Ermittlungen gebraucht. Haben Sie das alles allein herausgefunden?“

Jay blinzelte. „Na ja, also nein, ich meine ein bisschen ...“

Mrs Maggie legte ihm eine Hand auf die Schulter. „Was DCI Jameson sagen möchte, ist: Ja, mit ein bisschen Hilfe.“

Er nickte. Ja. Sie sagte es. Trefflich formuliert, wie immer. Weshalb er es für angebracht hielt, nachdem sich die Mitglieder des SFR verabschiedet hatten, sich an seine beiden Helferinnen zu richten.

„Mrs Maggie, Mrs Liv, ich kann Ihnen nicht genug danken. Sie haben sich als weit würdiger erwiesen als jeder Assistent, der mir nie geschickt wurde.“

Mrs Maggie lächelte, Mrs Liv lachte geschmeichelt.

„Gern geschehen. Wenn Sie es wünschen, lassen wir unser gemeinsames Büro im B&B weiter bestehen. Was denken Sie? Man weiß ja nie.“

Eine großartige Idee. „Das würde ich sehr begrüßen, Mrs Maggie und Mrs Liv, danke sehr.“

„Ach bitte“, Mrs Liv zwinkerte, „nennen Sie mich einfach Liv. Wir haben ausreichend miteinander durchgestanden, um auf die Förmlichkeiten zu pfeifen, hm?“

Jay strahlte. „Es ist mir eine Ehre. Im Grunde sind wir beinahe zu so etwas wie einem heimlichen Mordclub geworden und deshalb irgendwie Freunde.“

Man konnte schließlich keine Mörder jagen, einander das Leben retten und Gedanken austauschen, ohne nicht auch befreundet zu sein.

Liv und Maggie tauschten einen Blick. „Das gefällt mir“, sagte Maggie mit einem Grinsen. „Ein Mordclub. Ja, richtig, der B&B Mordclub. Das klingt großartig.“

Liv kicherte und Jay schmunzelte und gemeinsam schlugen sie den Weg zum B&B ein, um sich erst einmal eine Runde Omelette zum Frühstück zu genehmigen. Verdient hatten sie es sich.

„Ach, ehm, da fällt mir ein“, Jay konnte die Worte nicht aufhalten, die er an seine neue Freundin in Crime und Co richtete, „du hattest letzthin etwas erwähnt, bezüglich Zoey Bloom, und was sie an Männern schätzt ...“

Nun, denn. Es herrschte wieder Normalität in Snugford. Ruhe, graue Nebelwände und Nieselregen. Als könnte dieses Dorf kein Wässerchen trüben. Worüber Detective Chief Inspector Jay Jameson sehr froh war.

Aber früher oder später sah man einem neuen Verbrechen ins Gesicht und er hoffte, dass es eher später werden würde ...

Ende

DCI Jay Jamesons Shakespeare-Manifest

Wie arm sind die, die nicht Geduld besitzen.
– Othello

Ich wollte, mein Pferd wäre so schnell als Eure Zunge.
– Viel Lärm um nichts

Denn an sich ist nichts weder gut noch böse, das Denken
macht es erst dazu.
– Hamlet

Was List verborgen, wird ans Licht gebracht; Wer Fehler
schminkt, wird einst mit Spott verlacht.
– König Lear

Wie alles von Natur sterblich ist, so sind alle sterblich Ver-
liebten von Natur Narren.
– Wie es euch gefällt

Verdammt ist jede Schuld schon vor der Tat
– aus Maß für Maß

Glücklich sind, die erfahren, was man an ihnen aussetzt,
und sich darnach bessern.
– Viel Lärm um nichts

So wird man alle Tage klüger!
– Wie es euch gefällt

Einstimm'ges Lied hat keine Harmonie.
– Die beiden Veroneser

Einmal besser als keinmal, und besser spät als nie.
– Der Widerspenstigen Zähmung

Unter faulen Äpfeln gibts nicht viel Wahl.
– Der Widerspenstigen Zähmung